Besinnliche Adventszeit? Geruhsames Fest? Wohl eher: hektische Weihnachtseinkäufe in letzter Minute, aufwendige Vorbereitungen für das Festtagsmenü, anstrengende Familienbesuche. Wer träumt nicht davon, all dem zu entfliehen? Die in diesem Band versammelten Geschichten über die Liebe zur Weihnachtszeit lassen den ganzen Trubel vergessen. Dafür sorgen T. C. Boyle, Alex Capus, Doris Dörrie, Karen Duve, Wladimir Kaminer, Christoph Peters, Bärbel Reetz und viele andere.

insel taschenbuch 4181
Weihnachten in der Badewanne

Weihnachten in der Badewanne

Liebesgeschichten

Herausgegeben von Mia Mürren
Insel Verlag

Umschlagfoto: Masterfile

Erste Auflage 2012
insel taschenbuch 4181
Originalausgabe
© Insel Verlag Berlin 2012
Quellennachweise am Schluss des Bandes

Umschlag: bürosüd, München
Satz: Hümmer GmbH, Waldbüttelbrunn
Druck: CPI – Ebner & Spiegel, Ulm
Printed in Germany
ISBN 978-3-458-35881-7

Inhalt

Macht auf die Tür

David Lodge
Pastorale

Di *da* da, di *da* da, dida, dida, dida ...

Wenn ich die ersten Takte des Hirtengesangs aus Beet-
hovens *Pastorale* höre, fällt mir sofort wieder ein, was ich
alles auf die Beine gestellt habe, um die Jungfrau Maria
in die Arme zu nehmen – will sagen Dympna Cassidy, die
damals die Jungfrau Maria spielte. Damals – das war ein
Weihnachtsfest in den fünfziger Jahren, der Anlaß ein
Krippenspiel, das ich für den Jugendklub Unserer Lieben
Frau vom Immerwährenden Beistand in Südlondon insze-
niert hatte, worunter man sich vorzustellen hat, daß ich
das Stück schrieb, Regie führte, die Rollen besetzte, die Büh-
nenbilder entwarf und natürlich die Musik aussuchte. Nur
die Kostüme nähte ich nicht selbst, dafür spannte ich meine treusorgende Mutter und meine grollenden Schwestern ein.

Das hört sich an, als sei ich damals schon verrückt aufs
Theater gewesen, aber das war, als ich dieses Projekt in Angriff nahm, durchaus nicht der Fall. Ich war in der letzten
Klasse des Katholischen Gymnasiums St. Aloysius, hatte
Englisch, Französisch, Latein und Wirtschaftskunde als
Leistungsfächer und wollte Jura studieren, um Anwalt zu
werden (diesen Floh hatte mir mein Vater, seines Zeichens
Bürovorstand in einer Rechtsanwaltskanzlei, ins Ohr gesetzt; sein sehnlichster Wunsch war es, mich dermaleinst
als Staranwalt zu sehen). Damals hätte ich mir nicht träu-
men lassen, daß ich mal als Regisseur beim Musical lan-

den würde, und zwar hauptsächlich in Gastspielen von bewährten Oldies wie *Oklahoma!* und *The King and I.*

Vor ein paar Jahren habe ich allerdings auch in einem neuen Musical im Westend Regie geführt, dessen Ruhm sich bedauerlicherweise nicht sehr weit verbreiten konnte, weil es nach drei Wochen wieder abgesetzt wurde. Große Hoffnungen setze ich auf mein neues Projekt, *Cleo*, ein Musical *nach Antonius und Cleopatra*, das ich selbst geschrieben habe.

Doch ich schweife ab. Zurück zu dem Krippenspiel mit dem wenig originellen Titel *Die Weihnachtsgeschichte.* Der ursprüngliche Titel war *Frucht ihres Leibes*, womit ich auf den entschiedenen Widerstand des Gemeindepfarrers Father Stanislaus Lynch stieß; die Auseinandersetzung um den Titel war der erste, aber nicht der letzte Strauß, den ich wegen des Krippenspiels mit ihm ausfocht. Er fand ihn anstößig. Die Worte seien schließlich, konterte ich, Teil des *Ave Maria.* Aus dem Zusammenhang gerissen, behauptete er, ergäben sie einen ganz anderen Sinn. »Und *im* Zusammenhang«, sagte ich, »ergeben sie überhaupt keinen Sinn, weil Katholiken ihre Gebete bekanntlich herunterleiern, ohne sich die mindesten Gedanken um den Inhalt zu machen. Mein Krippenspiel legt es darauf an, sie aus ihrer geistigen Dumpfheit zu reißen und ihnen bewußt zu machen, worum es bei Weihnachten eigentlich geht – um die Menschwerdung Christi nämlich.« Ich war – zumindest auf der Ebene intellektueller Auseinandersetzungen – gewandt und zungenfertig. Auf anderen Gebieten, wenn Mädchen ins Spiel kamen beispielsweise, war es mit meiner Selbstsicherheit nicht so weit her.

Father Stan, wie wir ihn nannten, blieb hart. »Alles gut

und schön, aber meinst du etwa, ich hänge ein Plakat an die Kirchentür, auf dem für eine Aufführung mit dem Titel *Frucht ihres Leibes* geworben wird? Der Mütterkreis würde mir schön was erzählen!« Zu Hause führte ich laute Klage über diesen Fall kleinlich-kirchlicher Zensur; erst als eine meiner Schwestern sagte, ein bißchen abartig fände sie den Titel schon, sie müsse dabei einerseits immer an Ananas und Bananen, andererseits an Wörter wie Leibchen oder Leibgedinge denken, verzichtete ich auf weitere Gegenargumente.

Di *da* da, di *da* da ... Es gab noch andere Stücke in der *Weihnachtsgeschichte*, die während des Kulissenwechsels hinter dem Vorhang gespielt werden und auf das nächste Bild einstimmen sollten. Für die Verkündigung hatte ich Gounods *Ave Maria* vorgesehen, für die Heiligen Drei Könige ein Thema aus Rimskij-Korsakows *Scheherazade* und für die Flucht aus Ägypten den *Walkürenritt*. Mein Vater besaß eine ganz ordentliche Sammlung klassischer Musik auf Schellackplatten, die ich auf unserer Musiktruhe abspielen durfte, einem nußbaumfurnierten Ungetüm, das im Erker unseres Vorderzimmers stand. Allein der »Hirtengesang« aber löst die Erinnerung an dieses Stück und an Dympna Cassidy aus. Ursprünglich diente er als Einstimmung auf die Szene, in der die Hirten nach Bethlehem eilen, um dem Jesuskind zu huldigen, aber im Verlauf der Proben tauchte er auch in anderen Szenen auf.

Angefangen hatte die ganze Geschichte an einem Samstagabend Anfang November bei einer Tanzerei im Jugendklub. Father Stan und ich saßen auf Klappstühlen am Rand der Tanzfläche, sofern die staubig-splittrigen Dielenbretter des Gemeindesaals eine solche Bezeichnung überhaupt verdienen, und sahen den Paaren zu, die sich über die Tanzfläche schoben, während Nat King Coles *Too young* aus einem Koffergrammophon dröhnte.

Ich saß dort, weil ich nicht tanzen konnte und den Eindruck zu erwecken suchte, daß ich nicht tanzen wollte, während ich in Wirklichkeit nur aus Angst, mich beim Tanzenlernen der Lächerlichkeit auszusetzen, das Mauerblümchen mimte. Zu diesen Abenden kam ich in meiner Eigenschaft als Klubsekretär und getrieben von dem sorgfältig geheimgehaltenen Verlangen nach Dympna Cassidy, auch wenn ich tausend Qualen litt, wenn ich mit ansehen mußte, wie ein anderer Partner sie in den Armen hielt. Zum Glück waren die meisten Jungen im Klub genauso gehemmt wie ich, so daß häufig wohl oder übel zwei Mädchen miteinander tanzen mußten, so wie Dympna und ihre Freundin Pauline, die sich an jenem Abend zu den kleistrigen Klängen von *Too young* wiegten. Im übrigen verbot das Klubprotokoll bei männlichen Partnern jeden engen Kontakt zwischen den Paaren, und aus diesem Grunde beehrte uns auch Father Stan bei diesen Anlässen stets mit seinem Besuch. Seine Aufgabe war es, dafür zu sorgen, daß zwischen den Tanzpartnern immer Licht zu sehen war.

They say that we are much too young,
Too young to really be in love ...

Nicht, daß ich in Dympna Cassidy verliebt gewesen wäre; ebendas war das Problem.

Sie war eine dralle Schönheit mit jadegrünen Augen und kupferrotem Haar, das, zu besonderen Anlässen frisch gewaschen, ihr Gesicht in einer naturkrausen, schimmernden Wolke umstand. Ihr Teint hatte das strahlend durchscheinende Weiß einer schönen Alabasterfigur, ihre Lippen waren zu einem bezaubernden Schmollmund aufgeworfen. Wenn sie lächelte, erschienen zwei Grübchen in ihren Wangen, die aussahen wie kleine Wimpel und mich immer an ihren Namen erinnerten. Ihren Vornamen, wohlgemerkt. Während Cassidy einiges an poetischer Klangfülle vermissen ließ, paßte Dympna wunderbar – nicht nur zu den Wimpelgrübchen, sondern zu dem ganzen Mädchen. Die Silben hatten einen sanft-nachgiebigen, kurvigen Klang; genau so stellte ich mir ihren Körper in meinen Armen vor. Wie ich mich danach sehnte, diesen Körper in die Arme zu schließen! Wie es mich drängte, diese sinnliche Fülle einem Kissen gleich an meine Brust zu drücken, meine Lippen in der aus tausend Liebesszenen im Kino vertrauten Manier auf den hinreißenden Schmollmund zu legen! Aber ich war weder in Dympna Cassidy verliebt noch bereit, Verliebtheit zu heucheln. Und zu jener Zeit und in meinen Kreisen waren das die einzigen Möglichkeiten, einen Kuß von einem Mädchen wie Dympna zu ergattern. Mit anderen Worten: Ich hätte mich öffentlich, als fester Freund, zu ihr bekennen müssen.

Und an dieser Stelle muß ich ein recht schmachvolles Geständnis ablegen: Ich war mir zu gut, um Dympna Cassidy den Hof zu machen. Nicht nur, weil sie aus sehr einfachen Verhältnissen stammte; ihre große Familie – eine rechte Lotterbande – wohnte in einer Sozialsiedlung zur Miete, während wir ein Eigenheim besaßen, ein reputierliches viktorianisches Reihenhaus mit einer kleinen

Vortreppe, die zur Haustür führte. Und nicht nur, weil sie auch in Sprache und Ausdrucksweise ihre bescheidene Herkunft nicht verleugnen konnte. Mit diesen Handicaps hätte ich leben können, wenn ihre äußeren Reize eine auch nur annähernde Entsprechung in ihrer geistigen Ausstattung gefunden hätten. Leider herrschte in ihrem Kopf – wenn man von ein paar Popsongs, Namen von Filmstars, Neuigkeiten vom Modemarkt und Tratsch über ihre Lehrer absah – gähnende Leere. Die Aufnahmeprüfung fürs Gymnasium, die mein erstes großes Erfolgserlebnis gewesen war, hatte sie nicht bestanden und ging nun auf den sogenannten kaufmännischen Zweig einer Mittelschule, wo sie zur Stenotypistin ausgebildet wurde, wollte aber später versuchen, einen Job als Verkäuferin in einem Modegeschäft zu bekommen. All das wußte ich, weil ich jede Gelegenheit nutzte, mich mit ihr zu unterhalten – nach der Sonntagsmesse vor der Kirche, beim Aufräumen nach einem Klubabend im Gemeindesaal oder bei einem der Ausflüge des Jugendklubs nach Kent. Daß Dympna sich für mich interessierte, merkte ich natürlich. Der etwas stutzerhafte Aufzug, in dem ich mir gefiel, wenn ich nicht in meiner Schuluniform herumlaufen mußte, die langen Haare, die grüne Cordjacke mit der mostrichfarbenen Weste – das alles fand sie spannend und außergewöhnlich. Sie hatte in der Gemeinde viele Verehrer, aber keinen festen Freund und hätte mich bestimmt nicht abgewiesen, wenn ich den ersten Schritt getan hätte.

Doch davor scheute ich zurück. Meine Zukunft war klar vorgezeichnet und eine Dympna Cassidy darin nicht vorgesehen: Studium, Prüfungen, Auszeichnungen, Preise; Jahre harter Arbeit und strikter Selbstverleugnung und als Belohnung schließlich eine Karriere als angesehener Jurist. In den Kreisen der Cassidys sah man das ganz anders; die Dympnas dieser Welt gingen möglichst bald von der Schule ab, suchten sich einen Job – er durfte gern banal und trist sein – und lebten fortan für Freizeit und Urlaub, für Tanzen, Einkaufengehen, Kino, »Amüsement«. Sie verläpperten ihre Jugend in einer Orgie unbekümmerter, oberflächlicher Vergnügungen, um dann, dem Beispiel ihrer Eltern folgend, in ein dumpf-domestiziertes Erwachsenenleben hinüberzugleiten, in dem sie ihre liebe Not hatten, mit dem Geld, das hinten und vorn nicht reichte, die Familie durchzubringen. Wenn ich mich auf Dympna einließ, würde auch ich durch sie unweigerlich in diese Niederungen geraten. Ein Kuß – das war meine feste Überzeugung –, und das Unglück war geschehen. Ein Kuß – und ich war auf dem besten Wege zu einer verfrühten und unvernünftigen Ehe. Und eine verheiratete Dympna würde ihre Reize nicht lange behalten. Wenn man sich ihre Mutter ansah, konnte man sich Dympna in zwanzig Jahren vorstellen: Hängebusen, eine vom Kinderkriegen ruinierte Figur, eingefallene Wangen, weil die Backenzähne fehlten. Dympna wird nie wieder so schön sein wie jetzt, sagte ich mir bedrückt, während sie Pauline beim Foxtrott führte und dummes Zeug über irgendwelche Schuhe schwätzte, die sie in einem Schaufenster gesehen hatte. Das Thema schien die beiden sehr zu beschäftigen. Wenn sie an mir und Father Stan vorüberwirbelte, hörte ich sie von nichts anderem reden.

»Du kennst doch Mrs. Noonan, die Lehrerin in unserer Vorschule«, sagte der Pfarrer unvermittelt. Ich nickte. Vor zehn Jahren war ich einer ihrer Schüler gewesen. »Und du weißt, daß sie zu Weihnachten mit den Kleinen immer ein Krippenspiel aufführt. Nun muß sie aber nächste Woche zu einer Operation ins Krankenhaus und ist bis Januar krank geschrieben, und da habe ich gedacht, ob das nicht in diesem Jahr der Jugendklub übernehmen könnte. Das Krippenspiel, meine ich. Es wäre schön, mal etwas ... Erwachseneres zu zeigen. Etwas, das der Gemeindejugend etwas zu sagen hat. Ob du da was organisieren könntest, Simon?«

»Wird gemacht!«

»Na wunderbar«, sagte der von meiner prompten Zusage etwas verblüffte Pfarrer. »Hast du auch wirklich Zeit dafür? Ich weiß, daß sie euch in St. Aloysius ganz schön rannehmen.«

»Das schaff ich schon, Father, verlassen Sie sich nur auf mich.«

»Sehr nett von dir, wirklich. Ich schau mal nach, ob die Catholic Truth Society ein passendes Stück hat. Das von Mrs. Noonan ist wohl nicht ganz das Richtige für unsere Zwecke.«

»Ich werde das Stück selber schreiben.«

Er hatte kaum von dem Krippenspiel angefangen, als mir schon ein verlockendes Bild vor Augen stand: Dympna Cassidy als bildschöne Muttergottes, das kupferfarbene Haar wie ein Heiligenschein im Rampenlicht leuchtend, daneben ich selbst als der heilige Joseph, der ihr, den Arm um ihre Schultern, vielleicht sogar um die Taille gelegt, auf der Reise nach Bethlehem zur Seite steht. Ein ideales Alibi für engen Körperkontakt zu Dympna Cassidy, ohne irgendwelche moralischen oder emotionalen Verpflichtungen einzugehen.

»Vor der Aufführung will ich den Text natürlich noch sehen. Damit sich keine Ketzereien einschleichen ...« Father Stan fletschte in einem wölfischen Grinsen die schiefen, nikotingelben Zähne.

Ich schrieb das Stück unglaublicherweise an nur zwei Wochenenden. Mit Einladungen zum Vorsprechen hielt ich mich nicht auf. Erstens war dazu keine Zeit mehr, und zweitens wäre sowieso keiner gekommen. Der Jugendklub Unserer Lieben Frau zum Immerwährenden Beistand hatte keine thespische Tradition. Ich suchte mir für mein Ensemble die vielversprechendsten Klubmitglieder aus und engagierte sie ohne Leseprobe. Natürlich sprach ich zuerst Dympna Cassidy an. Als ich ihr sagte, daß ich sie für die Jungfrau Maria vorgesehen hatte, errötete sie vor Freude, dann aber schüttelte sie den Kopf, biß sich auf die Unterlippe und sagte, sie habe noch nie im Leben auf einer Bühne gestanden. Keine Sorge, sagte ich, ich hätte einschlägige Erfahrungen aus etlichen Schulaufführungen und würde ihr helfen. Ich freute mich schon auf trauliche Nachhilfestunden zu zweit in unserem Wohnzimmer mit passenden Weisen aus der Musiktruhe. Di *da* da, di *da* da ... Hatte ich diese Melodie in dem Moment schon im Hinterkopf?

Ich schob es immer wieder auf, Father Stan den Text zu zeigen, mit der Begründung, wir seien immer noch am Umschreiben. Schließlich aber witterte er Unrat, beschaffte sich über einen der Mitwirkenden das Buch, und es gab einen fürchterlichen Krach. Eines Abends stand er, den zusammengerollten Text in der Hand wie einen Marschallstab, vor unserer Haustür. Zum Glück waren meine

19

Eltern nicht da. Wütend fuchtelte er mir mit der Rolle unter der Nase herum. »Was soll dieser Schund? Wie kannst du es wagen, die fleckenlose Reinheit unserer Lieben Frau zu besudeln?«

Ich wußte natürlich, was er meinte – die Regieanweisung am Ende der ersten Szene des ersten Akts: *Joseph und Maria umarmen sich.*

Die Bibel gab für diese Stelle eingestandenermaßen nicht viel her, ich hatte meine Phantasie zu Hilfe nehmen müssen, um anschaulich zu machen, was für ein Leben Maria während ihrer Verlobungszeit mit Joseph geführt hatte, bevor sie auch nur ahnte, daß sie die Muttergottes werden würde. Ich hatte mich um Modernität bemüht – ein Jahrzehnt später hatte man »Relevanz« gesagt – und versucht, statt frommer Platitüden und biblischer Altertümelei Alltagssprache und ungekünsteltes Benehmen auf die Bühne zu bringen. Mit einem Wort: etwas, das modernen Teenagern etwas zu sagen hatte. Ich stellte mir Maria in dieser Phase ihres Lebens als ein vergnügtes, temperamentvolles, ja ausgelassenes junges Mädchen vor, das mit einem recht gesetzten älteren Mann verlobt ist. Ich schrieb eine Szene, in der Maria zu Joseph in die Zimmermannswerkstatt kommt und versucht, ihn zu einem Spaziergang zu überreden, und es kommt zu einer harmlosen Kabbelei. Rasch aber vertragen sie sich wieder und besiegeln ihre Versöhnung mit einem Kuß.

Mehrere Mitspieler meldeten während der ersten Leseprobe bei dieser Szene Bedenken an. Für Verlobte, argumentierte ich, sei dieses Verhalten schließlich naheliegend, zumal sie zu diesem Zeitpunkt ja noch nicht wußten, daß sie den Messias in die Welt setzen würden. Dympna

trug zu dieser Diskussion nichts bei, sie saß mit gesenk-
tem Blick da, konnte sich aber wohl denken, aus welcher
Motivation heraus diese Szene wirklich geschrieben worden war.

Nach zwei weiteren Leseproben fing ich mit dem eigent-
lichen Probieren an, aber als ich zum Schluß von Akt
eins, Szene eins kam,

JOSEPH Ich kann dir nie lange böse sein, Maria.
MARIA Ich dir auch nicht.

verließ mich der Mut, und ich sagte nur: »Dann umarmen
sich Joseph und Maria, und der Vorhang fällt.«

»Willst du den Kuß nicht proben?« fragte Magda Ver-
non, die sich freiwillig als Inspizientin zur Verfügung gestellt hatte. Sie war ein eigenartiges Mädchen, groß und
mager, mit einer Brille, die ihr ständig von der Stupsnase
rutschte, und schwarzem Wuschelhaar, das aussah, als sei
sie gerade erst aufgestanden. Mit Vorliebe trug sie lange
Pullover in dunklen Farben, an denen sie erbarmungslos
zog und zerrte, bis sie aus der Form geraten waren, der
Saum bis über die Hüften reichte und die Ärmel ihr wie
Handschuhe über die Fingerspitzen gingen, als wollte sie
sich darin verstecken. Es hieß, sie habe eine Art Nerven-
zusammenbruch gehabt und ausreißen wollen, und ihre
Eltern hätten sie in den Jugendklub geschickt, damit sie
wieder in ein normales Leben zurückfand. Viel geholfen
hatte es bisher noch nicht, das Krippenspiel war die erste Unternehmung, die einen Funken Interesse in ihr ge-
weckt hatte. In der Diskussion über die Schicklichkeit der
Kußszene hatte sie sich auf meine Seite geschlagen, und

21

dafür war ich ihr dankbar, aber in diesem Moment war mir ihre Einmischung nicht sehr willkommen.

»In dieser Phase können wir noch nicht in alle Einzelheiten gehen«, sagte ich. »Wir kommen zur zweiten Szene ...«

Aber als wir erneut die erste Szene probierten, brach ich kurz vor dem Kuß wieder ab.

»Ich finde, du solltest dich zumindest entscheiden, was für ein Kuß es werden soll«, beharrte Magda. »Ich meine – wer küßt wen? Und auf die Lippen oder auf die Wange?«

»Auf die Wange, was denn sonst«, sagte der Junge, der den Herodes spielte, »Father Stan flippt sonst aus.« Alles kicherte.

»Darüber habe ich noch gar nicht nachgedacht.« In Wirklichkeit dachte ich seit Tagen an kaum etwas anderes. »Das können wir immer noch entscheiden, wenn wir die Kostüme haben.«

Später, als die Mitwirkenden gegangen waren und ich mit Magda eine Liste der benötigten Requisiten durchging, warf sie mir einen durchtriebenen Blick zu. »Ich glaube, du weißt gar nicht, wie's geht.«

»Wie was geht?«

»Wie man ein Mädchen küßt. Wenn du willst, zeig ich's dir.«

»Danke, aber ich komme schon allein zurecht.«

Als ich später in der kalten Dezembernacht heimging, bereute ich, daß ich ihr Angebot ausgeschlagen hatte, und überlegte mir verschiedene Möglichkeiten, es im nachhinein doch noch anzunehmen. Am nächsten Tag aber kam es dann zu dem großen Krach mit Father Stan, meine erste Szene wurde ersatzlos gestrichen, und ich hatte

keinen Vorwand mehr, bei Magda in die Lehre zu gehen.

Und so kam ich um meinen Kuß von Dympna Cassidy.
Auf der Reise nach Bethlehem schaffte ich es zwar, ihr
einen Arm um die Taille zu legen, aber sie war in dieser
Szene so dick eingemummelt, daß ich nicht viel davon
hatte. Außerdem war mir die Lust an Dympnas Körper
inzwischen ziemlich vergangen. Was mich weit mehr beschäftigte, war ihr Mangel an schauspielerischen Quali-
täten. Der geradezu manische Perfektionsdrang all jener,
die Stücke auf die Bühne bringen, hatte auch mich erfaßt.
Dympna vergaß ständig ihren Text oder leierte ihn mit
kaum verständlicher Stimme herunter. Wenn ich sie kriti-
sierte, war sie eingeschnappt und sagte, sie hätte sich nicht
danach gedrängt, in meinem blöden Stück mitzuspielen.
Eins mußte man ihr allerdings lassen: Sie sah wirklich um-
werfend aus. Kurz entschlossen strich ich in ihrem Text
herum, bis eine nahezu stumme Rolle mit Musikbeglei-
tung daraus geworden war. Der Hirtengesang gefiel ihr
offenbar, sie summte ihn oft vor sich hin, wenn sie gute
Laune hatte, und deshalb sollte er nun bei jedem Auftritt
von Maria als eine Art Leitmotiv erklingen, was Magda hinter den Kulissen einiges abverlangte, denn sie mußte das
Koffergrammophon bedienen und gleichzeitig soufflie-
ren, aber die Wirkung war durchschlagend. Durch Zufall
hatte ich eine Hauptstütze des Musiktheaters entdeckt –
die Reprise. Man braucht nicht lange zu rätseln, was die
Zuschauer summten, als sie den Gemeindesaal verließen.
Unser Stück war ein Hit. Ich brachte Magda nach Hause,
und vor ihrer Haustür küßten wir uns, bis uns die Lippen
weh taten.

Magda wurde meine erste Freundin; als wir im Jahr darauf anfingen zu studieren, trennten sich unsere Wege. Ich studierte Jura, wie vorgesehen, saß aber statt im Hörsaal meist im Theater- und Opernklub, bestand meine Prüfung mit Ach und Krach und begann zum großen Verdruß meines Vaters sofort mit einer Ausbildung an der Schauspielschule. Der Zufall wollte es, daß auch Magda die Theaterleidenschaft erfaßt hatte. Sie studierte Theaterwissenschaften, arbeitete an verschiedenen Provinztheatern und produziert jetzt mit großem Erfolg Fernsehspiele. Hin und wieder sehen wir uns bei einschlägigen Veranstaltungen, und wenn wir Küßchen tauschen, wie das im Showbusiness üblich ist, zieht sie mich unweigerlich mit der Frage auf: »Lippen oder Wange, Schätzchen?«

Und Dympna? Sie ist weder Stenotypistin noch Verkäuferin geworden, hat weder ihre gute Figur ruiniert noch ihre Backenzähne verloren, sondern wurde als Fotomodell entdeckt und hatte Ende der fünfziger Jahre schöne Erfolge auf den Titelseiten von Frauenzeitschriften, bis der Jean-Shrimpton-Look ihr das Geschäft verdarb. Von meiner Mutter weiß ich, daß sie einen reichen Geschäftsmann geheiratet hat und nicht mehr als Fotomodell arbeitet. Sie wohnen in einem Herrenhaus bei Newmarket und haben mehrere Rennpferde. Ich überlege, ob ich ihnen nicht vorschlagen soll, etwas von ihrem Geld in die Produktion von *Cleo* zu stecken ...

Alex Capus
Fremde im Zug

I

»Schon zwei vor halb fünf!«

Mit weit ausholenden Schritten und wehenden Haaren rannten die zwei Schwestern über die Brücke, vorbei an der Tramstation und hinein ins kühle Dämmerlicht der Bahnhofshalle. In jeder Hand hielten sie mehrere bunte Papiertaschen, auf denen die Namen bekannter Mode-boutiquen und angesehener Kaufhäuser aufgedruckt waren. Die Taschen flogen neben ihnen vor und zurück und hoch und nieder. Wie jeden letzten Samstag im Monat waren sie in die Stadt gefahren, um Kleider zu kaufen; jetzt war Dezember, und so hatten sie auch gleich die Weih-nachtsgeschenke besorgt. Die zwei Schwestern konnten sich regelmäßige Einkaufsbummel leisten. Als Grundschul-lehrerinnen verdienten sie nicht schlecht, und da sie le-dig waren und kinderlos und sich eine gemeinsame Woh-nung gleich neben dem Dorfschulhaus teilten, blieb am Monatsende jeweils eine hübsche Stange Geld übrig. Jetzt war's Zeit für die Heimreise. Sie nahmen stets den 16.31-Uhr-Zug. Ein letzter Sprint über den Bahnsteig, ein Sprung in die erste offenstehende Tür, auch wenn es ein Waggon erster Klasse war – geschafft. So ging das jedesmal, immer auf die letzte Sekunde. Ein unbeteiligter Beobachter hätte sich vielleicht gewundert über die unnötige Hast; denn eine halbe Stunde später wäre wieder ein Zug gefahren und dann immer wieder einer alle halbe Stunde bis um Mitternacht. Weshalb also die Eile? Nun, Anne und Ni-

25

cole waren zwei Landmädchen, die rundum zufrieden waren mit der Welt, ihrem Leben und überhaupt dem Lauf der Dinge. Sie nahmen seit Jahren an jedem letzten Samstag im Monat den 16.31-Uhr-Zug. Sie waren diesen Zug gewohnt und hatten gute Erfahrungen mit ihm gemacht, wieso also hätten sie einen anderen nehmen sollen? Weshalb hätten sie irgend etwas in ihrem Leben ändern sollen?

II

Weiter vorne, in einem Raucherabteil zweiter Klasse, saß ein schwarzgekleideter junger Mann mit hohlen Wangen und dunklen Augenringen, der aufmerksam seinen Empfindungen lauschte. Gleich würde der Zug losfahren – und er saß drin! Er würde zurückkehren in jenes Provinznest, in dem er geboren und aufgewachsen war. Neununddreißig Minuten Fahrt standen ihm bevor, und Hannes Groß langweilte sich schon, bevor der Zug anfuhr. War es wirklich ein Jahr her, daß er bei seinen Eltern gewesen war? Zu häufigeren Besuchen fehlte ihm einfach die Zeit; denn sein Beruf, in dem er es dank Talent, Fleiß und Sorgfalt zu einigem Erfolg gebracht hatte, nahm ihn ganz in Anspruch. Letztes Jahr hatte ihm die Nationale Eisenbahngesellschaft die Gestaltung des neuen Gesamtfahrplans anvertraut, ihm ganz allein. Zehn Monate seines Lebens hatte er dafür hergegeben, hatte tage- und nächtelang Abfahrts- und Ankunftszeiten in den Computer getippt, hatte ganze Wochenenden experimentiert mit Piktogrammen, Schriftarten, Schriftgraden, Schriftschnitten und Zeilendurchschüssen, hatte dreimal aus Wut über Software-

26

probleme die Tastatur an die Wand geschleudert und ins-
gesamt dreiundzwanzig Sitzungen erduldet mit Eisen-
bahndirektoren, die keine blasse Ahnung hatten von Ty-
pografie und Gestaltung. Er hatte in diesen zehn Monaten achtzehntausend Zigaretten geraucht, tagsüber zuviel
Kaffee getrunken und nachts zuviel Rotwein, und er hatte
zuwenig gegessen und geschlafen. Seine Wohnung, ein
großzügiges Appartement gleich hinter dem Schauspiel-
haus, mit Parkettboden und Stukkaturen an der Decke,
hatte er in dieser Zeit kaum bei Tageslicht gesehen. Hingegen kannte er jetzt den gesamten Fahrplan des natio-
nalen Schienennetzes in allen Einzelheiten auswendig –
er, der die Stadt nur verließ, wenn er von seinen Eltern
dazu genötigt wurde.

III

Auf dem Bahnsteig tauschten ein Mann und eine Frau
flüchtige Abschiedsküsse. Er trug einen schwarzweiß ge-
sprenkelten Tweedanzug, sie einen schwarzen Rock und
ein kurzes, pelzbesetztes Jäckchen. Während der Umar-
mung schaute sie ihm von der Seite ins Gesicht und er-
tappte ihn bei einem Blick über ihre Schulter hinweg. »Ich
mag das nicht«, sagte sie, ohne seinem Blick zu folgen. Ihr
Name war Vera Weiß. »Ich kann es nicht ausstehen, wenn
du in meiner Anwesenheit anderen Frauen auf den Hintern schaust.«

»Was? Ich? Da?« Entrüstet deutete der Mann über Veras
Schulter hinüber zur Waggontür. Natürlich hatte er diesen zwei Landpomeranzen beim Einsteigen zugeschaut,
selbstverständlich – aber doch nur, weil sie sich so ulkig

angestellt hatten mit ihren tausend Papiertaschen voller Weihnachtsgeschenke! Er machte den Mund auf und wieder zu. Jeder Rechtfertigungsversuch war sinnlos, denn unglücklicherweise waren die Landpomeranzen tatsächlich nett anzuschauen gewesen – wie hatte Vera das erraten? Er machte eine Handbewegung, die die Sinnlosigkeit allen Redens zum Ausdruck brachte, und sie tätschelte ihm ironisch beschwichtigend die Brust. »Schon recht, mein Lieber. Laß gut sein.« Mit einer raschen Handbewegung strich sie ihm eine Strähne aus der Stirn. Diese mütterliche Geste hatte ihn beim ersten Mal überrascht und belustigt, dann hatte er sich an sie gewöhnt, geliebt hatte er sie während langer Jahre, süchtig gewesen war er danach. Und jetzt ging sie ihm auf die Nerven.

»Grüß deine Schwester von mir.«

»Mach ich. Ach, übrigens!« Sie warf den Kopf in den Nacken und faßte sich mit den Fingerspitzen an die Schläfen, wie wenn ihr gerade etwas Wichtiges eingefallen wäre. »Vielleicht bleibe ich ein paar Tage länger.«

»Aha?«

»Ja.« Sie löste sich von ihm und tat rückwärts die ersten Schritte auf die Waggontür zu. »Ich denke, ich sollte sie ein bißchen entlasten. Mich um die Kinder kümmern und im Haushalt helfen.«

»Auch über die Festtage? An Silvester?«

»Ich rufe dich an. Oder ich schreibe ein paar Zeilen.«

»Mach's gut«, sagte er. Dann gellte der Pfiff des Schaffners über den Bahnsteig. Vera stieg ein, die Tür schloß sich mit einem pneumatischen Zischen.

IV

Hannes Groß fuhr sich mit Daumen und Zeigefinger über die Wangen. Vielleicht hätte er sich doch rasieren sollen – sich selbst und dem Vater zuliebe, der auf solche Dinge Wert legte. Und für Mutter mußte er unbedingt Blumen kaufen. Sie würde zwar wieder ihren weinerlichen Jubel-singsang anstimmen und hundertmal wiederholen, daß das nicht nötig gewesen wäre; aber nötig war's eben doch. Ob es das Blumengeschäft in der Bahnhofspassage noch gab? Eines nahm Hannes sich fest vor: Auch diesmal wür-de er sich weigern, Vaters ausgediente Hausschuhe anzu-ziehen. Und diesmal würde er seine Weigerung endlich einmal bis zum Schluß durchhalten.

Hannes versank in der Ecke zwischen Sitz und Seiten-wand und beobachtete durchs Fenster ein Liebespaar, das sich auf dem Bahnsteig umarmte. Die Frau wandte ihm den Rücken zu; ihr Jäckchen war kurz und militärisch knapp geschnitten, darunter trug sie einen weiten schwar-zen Rock, der bis zu den Stiefeln reichte. Ihr braunes Haar ergoß sich in einer wahren Flut über das Jäckchen. Anna Karenina nimmt Abschied von Graf Wronskij, dachte Han-nes und wunderte sich über seine romantische Regung. Fehlt nur noch der Schnee und der Kohlegeruch und die Lokomotive, die Dampf über den Bahnsteig verströmt. Er sah zu, wie die Frau dem Mann mit weißen Fingerspit-zen zärtlich eine Strähne aus der Stirn strich. Hannes war-tete auf den Moment, da sie sich umdrehen und er ihr Ge-sicht sehen würde. Aber die Frau lief rückwärts auf den Waggon zu. Versteckte sie ihr Gesicht absichtlich vor Han-nes, hatte sie seinen Blick im Rücken gespürt? Ach nein: Sie wollte einfach ihren Liebsten bis zum letzten Moment

29

im Auge behalten. Bekam nicht genug von ihm. Und was machte der Liebste, der Trottel? Ein unglückliches Gesicht. Hannes lächelte und versank noch tiefer in seiner Ecke; wann hatte er zum letzten Mal ein Mädchen geküßt? In den letzten zehn Monaten gewiß nicht. Aber jetzt war die Zeit der Fahrpläne vorbei, nun würde er sich wieder mit anderen Dingen befassen. Womit?

Da ging die Tür auf, und zwei Frauen stürmten durch den Mittelgang. In den Händen hatten sie eine unbestimmbare Anzahl Papiertaschen. Die eine war blond, die andere rothaarig. Beide hatten Sommersprossen auf der Nase, und beiden hingen die äußeren Augenwinkel leicht nach unten. Wahrscheinlich waren sie Schwestern. Um zu verhindern, daß sie neben ihm Platz nahmen, steckte sich Hannes rasch eine seiner französischen, filterlosen Zigaretten an. Die zwei Schwestern schubsten einander und lachten, sie schlugen mit ihren Taschen gegen fremde Schultern und Beine, sie entschuldigten sich links und rechts und sahen dabei den Fahrgästen arglos in die Augen. Fehlte nur noch, daß sie jeden einzeln grüßten, wie das auf dem Dorf üblich ist. Hannes hielt schützend den Unterarm vors Gesicht, als sie mit ihren Papiertaschen vorüberzogen. Widerwillig gestand er sich ein, daß ihm die beiden gefielen mit ihren breiten, geraden Schultern, den jungenhaft schmalen Hüften und dem federnden Gang. ›Aber Bäuerinnen sind's‹, mahnte er sich selbst, ›da helfen auch Benetton und Kookai und Stefanel nichts. So zufrieden sind sie mit ihren Einkaufstaschen, so glücklich, daß sie die Ernte vor dem nahenden Gewitter ins Trockene gebracht haben! Schau, wie froh sie sind, daß sie wieder nach Hause in ihr Dorf heimkehren dürfen.

Auch wenn sie zweimal jährlich in die Karibik fliegen, seit Generationen im Büro arbeiten und noch nie einen Krumen Erde unter den Fingernägeln hatten, so sind sie doch lebenslang beherrscht von dem einen großen Gedanken, möglichst schnell ihre Ernte ins Trockene zu bringen.‹ Er nahm zur Kenntnis, daß die zwei Schwestern das nächste hinter ihm liegende Abteil in Beschlag genommen hatten, und er fand sich damit ab, daß er während der ganzen Fahrt ihrer Unterhaltung würde zuhören müssen. Denn Bäuerinnen können nicht müßig beisammensitzen und schweigen. Sie müssen sich unterhalten. Schweigen wäre Müßiggang, und Müßiggang Sünde. Mit großer Wahrscheinlichkeit würden sie von Dingen reden, von denen Hannes lieber nichts gewußt hätte. Und es wäre schon sehr erstaunlich gewesen, wenn sie nicht irgendwann unterwegs eine Brotzeit ausgepackt hätten. Denn der Mensch muß etwas Rechtes essen, wenn er außer Haus ist.

V

»Hier?«

»Na los!«

»Aber hier stinkt's nach Gauloises.«

»Stört mich nicht.«

»Mich auch nicht.«

»Eigentlich mag ich's ganz gern. Riecht nach Mann.«

Anne und Nicole prusteten und gingen in die Knie vor Vergnügen, sie stellten ihre Taschen ab und schüttelten die Hände, wie wenn sie etwas Heißes angefaßt hätten, und sie deuteten auf die Lehne, hinter der dieser Bursche mit den dunklen Augen und den ungesund roten Lippen saß. Der Rauch seiner Zigarette stieg in blauen Kringeln zu den Lüftungsschlitzen hoch. Schließlich beruhigten sie sich, nahmen bei den Fenstern Platz und begannen in ihren Papiertaschen zu nesteln.

»Der rote Minirock ist toll«, sagte Anne. »Auch wenn er mir ein bißchen zu weit ist.«

»Dann nimm halt zu. Oder mach ihn enger.«

»Wie?«

»Na, nähen halt.«

»Kann ich nicht.«

»Handarbeitslehrerin hätte man werden sollen.«

»Du, hast du gehört? Die Frau Studer läßt sich scheiden.«

»Unsere Handarbeitslehrerin?«

»Die Studerin läßt sich scheiden.«

»Ehrlich?«

»Hat ihre Koffer gepackt und ist ausgezogen.«

»Nein!«

»Doch. Und weißt du, warum?«

»Nein.«

»Ihr Mann hat ihr verboten, neue Unterwäsche zu kaufen. Wollte sie zwingen, die Wäsche seiner verstorbenen ersten Ehefrau zu tragen.«

»Nein!«

»Doch. Dicke, synthetische, fleischfarbene Mieder und Büstenhalter mit Eisenstäben. Hat gesagt, die täten's noch lange.«

»Nein!«

»Doch.«

»So was! Dabei verdient die Studerin ihr eigenes Geld.«

»Hat ihre Koffer gepackt und ist abgehauen.«

»Nein!«

»Doch. Würdest du etwa die Unterwäsche deiner Vorgängerin . . .?«

»Ich habe keine Vorgängerin.«

»Ich würde noch nicht mal deine Unterwäsche . . .«

Die zwei Schwestern starrten einander mit weit aufgerissenen Augen an und drückten das Kinn auf den Hals, um einander ihre Betroffenheit mitzuteilen. Da fuhr der Zug an. Die Schiebetür ging auf, und eine Frau in kurzem, pelzbesetztem Jäckchen lief durch den Mittelgang.

»Hast du die Zicke gesehen?« flüsterte Anne. »Typische Großstadtzicke, wenn du mich fragst. Grinst in die leere Luft hinaus wie eine Idiotin und hält sich für wer weiß was.«

»Und diese Jacke – wie von der Heilsarmee!«

»Und der Rock – ein Kohlesack mit Rüschen dran!«

Dann merkten Nicole und Anne, daß die Zicke hinter ihnen Platz genommen hatte. Sie beschlossen, sich eine Weile still zu halten.

VI

Vera warf einen letzten Blick durch die geschlossene Waggontür hinaus auf den Bahnsteig. Der Mann stand reglos da mit seinem Schnauzbart und ließ die Arme hängen, und eine Taube trippelte vor seinen Schuhen umher. Englische Schuhe, die er täglich liebevoll putzte; Vera fand diese übertriebene Sorgfalt bei der Schuhpflege nicht besonders männlich. Unwillkürlich erinnerte sie sich daran, daß er in ihrer ersten gemeinsamen Nacht seine Kleider hübsch gefaltet und griffbereit neben das Bett gelegt hatte und daß sie ihn verdächtigt hatte, im Morgengrauen geräuschlos davonschleichen zu wollen. Er war zwar dann nicht davongeschlichen – vielleicht aber nur, weil er wie ein Bär geschlafen hatte und erst aufgewacht war, als ihm Kaffeeduft in die Nase stieg. Als der Zug anfuhr, hob sie die Hand zu einem letzten Gruß, und plötzlich empfand sie keinen Zorn mehr, sondern Mitleid, große Müdigkeit und Erleichterung. Sie straffte die Schultern, zog ein Gummiband aus der Manteltasche und band ihr Haar zu einem Pferdeschwanz zusammen. Dann zog sie die Schiebetür auf und betrat das Raucherabteil. Sie sah und erkannte ihn sofort. Das war doch Hannes Groß dort im vierten Abteil links! Sie waren zusammen aufs Gymnasium gegangen. Hannes, der Klassenprimus und Einzelgänger, der sich allen gesellschaftlichen Regeln so sehr widersetzt hatte, daß er Ende der siebziger Jahre noch nicht mal das Haar lang trug. Ein großer Sportler war er gewesen, aber jetzt war er hager und bleich, mit schrecklich dunklen Schatten unter den Augen, und das Haar war wohl auch schon etwas schütter. Als Teenager war Vera hin und wieder ein bißchen in ihn verliebt gewesen. Aber er hatte sich nichts aus gleichaltrigen Mädchen gemacht; angeblich hatte er schon als Sechzehnjähriger ein Verhältnis mit einer dreißigjährigen, verheirateten Frau gehabt.

Ob er sie erkennen würde? Vera lächelte ihn an, während sie im Mittelgang auf ihn zulief – aber er warf ihr nur einen jener saugenden Blicke zu, die Männer gutaussehenden Frauen nun mal zuwerfen, wandte sich gleichgültig ab und drückte seine Zigarette aus in diesem winzigen Aschenbecher, der in die Armlehne eingebaut war. ›Na, dann nicht!‹ dachte Vera und behielt im Vorbeigehen ihr Lächeln bei, wie wenn es gar nicht Hannes gegolten hätte.

Im Viererabteil gleich hinter ihm saßen zwei Landeier in unmöglichen Modefummeln. Wahrscheinlich Krankenschwestern oder Kindergärtnerinnen. Teure Fähnchen, schlechter Schnitt, billige Stoffe, grauenerrende Farbkombinationen. Natürlich hatten die Landeier die Stirn, Veras Kleidung mit abschätzigen Blicken zu taxieren. Ihre Jakke und ihren Rock, die sie eigenhändig entworfen, zugeschnitten und genäht hatte. Vera war Modedesignerin, ausgebildet in Zürich, Mailand und Paris. Mit ihrer Herbstkollektion aus handgewebten Stoffen hatte sie letztes Jahr in einem Nachwuchswettbewerb in München den ersten Preis gewonnen. Hinter den Landeiern war ein Abteil frei. Vera setzte sich. Die beiden sollten nicht glauben, daß ihre Blicke und ihr Getuschel ihr etwas ausmachten. Und Hannes? Wenn er sie schon nicht erkannte, war es ja gleichgültig, wie nah oder weit entfernt sie einander waren.

VII

Anna Karenina – das war doch Vera gewesen! Aber ganz bestimmt war das Vera Weiss gewesen! Hannes hatte eilig seine Gauloise ausgedrückt, damit der Rauch ihr nicht ins Näschen steige, wenn sie sich zu ihm setzte – und als er wieder aufschaute, um sie zu begrüßen, war sie schon an ihm vorbeigelaufen. Hatte sie ihn denn nicht gesehen? Hatte sie ihn nicht erkannt, und wenn, wieso nicht? War er so alt geworden? Sollte er ihr hinterherlaufen, sie an der Schulter berühren? Hallo Vera, ich bin's, Hannes, dein alter Verehrer, erinnerst du dich? Aber nein. Bestimmt hatte sie ihn sofort erkannt und war ihm absichtlich entwischt, weil sie allein sein wollte. Andrerseits – wie lange hatten sie einander nicht gesehen! Hannes erinnerte sich genau an den Tag, an dem er sich in sie verliebt hatte. Nicht am ersten Schultag war's gewesen, sondern merkwürdigerweise erst drei Jahre später, auf der Herbstwanderung in der Quarta. Sie hatten Rast gemacht auf der Terrasse eines Bergrestaurants, hatten Cola getrunken und Würste gegessen mit dem Alpenpanorama im Rücken, und dann hatte Vera diese Amsel entdeckt, die in einem winzigen Käfig an der Hauswand eingesperrt war. Ganz ruhig war sie aufgestanden und zum Käfig gelaufen unter den Augen des Lehrers, der Wirtin und der ganzen Klasse, und dann hatte sie die Käfigtür aufgemacht, mit der Hand hineingegriffen und die Amsel ins Freie gescheucht, worauf diese im nahen Lärchenwald verschwunden war.

VIII

Als Vera zum ersten Mal mit einem Jungen geschlafen hatte – mit irgendeinem Jungen, an dessen Namen sie sich heute nicht mehr erinnerte –, hatte sie dabei an Hannes gedacht, und hinterher hatte sie sich darüber gewundert. Denn damals hatte sie sich noch nicht viele Gedanken über ihn gemacht; das hatte erst ein paar Monate später begonnen, an einem Tag, an dem die Jungen unter großem Gejohle und Gelächter von der militärischen Musterung zurückgekehrt waren. Hannes war als letzter gekommen, schamrot, mit mahlenden Kiefermuskeln. Was war geschehen? Hannes hatte eine Eigenart: Er behielt, wenn er nach dem Turnunterricht zusammen mit zwanzig nackten Jungen unter die Dusche rannte, seine Unterhose an, und beim Anziehen bedeckte er sich mit einem Frottiertuch. Niemals hatte er sich nackt gezeigt, unter keinen Umständen, vom allerersten Schultag an. Weshalb, wußte niemand. Die Jungen empfanden diese stolze Schamhaftigkeit – vielleicht zu Recht – als Beleidigung ihrer Nacktheit; zudem stand sie doch irgendwie in Widerspruch zum Gerücht, daß Hannes Umgang mit älteren Frauen pflege. Was sollte man machen? Stillschweigend kamen die Jungen überein, die Sache gegenüber Lehrern, Eltern und den Mädchen diskret zu behandeln. Bei der Musterung aber war einem Mitschüler namens Massimo Maldini der Kragen geplatzt. Massimo war Sizilianer, Sohn des einzigen Fischhändlers im Städtchen; klein, rund und am Rücken behaart. Wie man sich noch Jahre später erzählte, hatte er unter der Dusche plötzlich »Basta! Basta! Basta!« geschrien, sich auf Hannes gestürzt und ihm die Unterhose vom Leib gerissen. Angeblich hatte er ihn danach mit festem Griff am Pimmel gepackt, unter die Dusche gezerrt und von oben bis unten eingeseift. In den Gassen des Städtchens hatte es in den folgenden Tagen gesummt von aufgeregtem Getuschel und Gelächter; Hannes aber hatte die Lippen aufeinandergepreßt und geschwiegen, und Vera hatte ihn aus den Augenwinkeln betrachtet und sich gewundert. Und da sie ihn nicht aus den Augen ließ, konnte sie beobachten, wie Hannes Massimo beim Hinterausgang des Kino Capitol mit einem Faustschlag das Nasenbein zertrümmerte.

IX

In den Waggons ging das Licht an, der Zug fuhr in einen
Tunnel, und drei Minuten später hielt er fahrplangemäß.
Hannes zupfte an seinem Hemdkragen. Zwei Minuten Auf-
enthalt, Weiterfahrt um 16.48 Uhr. Wie lange würde es
dauern, bis sein Gedächtnis wieder entlastet wäre von der
integralen Kenntnis des Gesamtfahrplans? Und sollte er
vielleicht doch aufstehen und Vera hinterherlaufen? Irgendwo in einem der vorderen Waggons mußte sie ja sein,
entwischen konnte sie ihm nicht. Bestimmt fuhr auch
sie heim zu ihren Eltern, da war nicht anzunehmen, daß
sie vor ihm ausstieg. Aber was, wenn bei ihr kein Sitzplatz
frei wäre? Würden sie sich dann über die Köpfe der anderen Fahrgäste hinweg unterhalten, sie sitzend und er
im Stehen? Ein kleiner Ruck ging durch die Sitzbank, und
dann gewann der Zug allmählich an Fahrt. Hannes konnte sich nicht erinnern, jemals mit Vera geredet zu haben.
Ach doch, einmal, als er einem Klassenkameraden die
Nase blutig geschlagen hatte bei irgendeiner Streiterei.
Vera war ihm auf dem Heimweg hinterhergelaufen und
hatte sich bei ihm untergehakt.

»Tut das eigentlich weh, wenn man einem so auf die
Nase haut?«

»Ich glaube schon. Frag' Massimo.«

»Ob's *dir* weh getan hat, will ich wissen! An der Hand.«

Er hob die rechte Hand aus der Hosentasche und betrachtete sie. »Ein bißchen.«

»Es muß herrlich sein, so richtig draufzuhauen.«

»Hm.« Er verschwieg, daß es das erste Mal in seinem
achtzehnjährigen Leben gewesen war, daß er draufgehau-
en hatte, und daß seine Überraschung über den gelunge-

nen Schlag wohl größer gewesen war als die von Massimo. Hannes verschwieg auch, daß Vera das erste Mädchen war, das sich bei ihm unterhakte. Denn die dreißigjährige, verheiratete Frau gab es nicht. Er hatte sie irgendwann erfunden, und jetzt wurde er sie nicht mehr los. »Einmal im Leben möchte ich auch so draufhauen«, sagte Vera und sah ihn von der Seite an. Hannes antwortete nicht. Er schwieg. Ihm fiel nichts ein, was er hätte entgegnen können. Er suchte nach Wörtern und Sätzen, aber die fühlten sich alle nicht richtig an. Und dann war es zu spät: Vera ließ seinen Arm los und steckte die Hände in ihre Hosentaschen. Eine Weile gingen sie schweigend nebeneinanderher, dann trennten sich ihre Wege, und sie verabschiedeten sich mit einem vagen Groll gegen sich selbst und gegen den anderen.

X

»Was glaubst du, wie das weitergeht mit der Studerin?«

»Nach der Scheidung? Ich weiß nur, daß der Fischer Franz schon lange ein Auge auf sie geworfen hat.«

»Der Turnlehrer? Auf die Studerin? Kann ich mir nicht vorstellen, so dick, wie die ist.«

»Der hat ein Auge auf sie geworfen, das weiß jeder.«

Dann bremste der Zug ab. Es war der vorletzte Halt vor der kleinen Bahnstation, an der die zwei Schwestern aussteigen würden. Sie verstummten, weil es immer allerhand zu sehen gab, wenn der Zug hielt. Da sie einander gegenübersaßen, sah jede nur das, was die andere nicht sah. So konnte Anne etwa beobachten, wie hinter Nicoles Sitzlehne die Zicke mit dem pelzbesetzten Jäckchen auftauchte. Die lächelte jetzt nicht mehr, sondern machte ein strenges Gesicht und zupfte energisch ihr Jäckchen zurecht. Dann drehte sie sich um und lief zum Ausgang, und zwar in Fahrtrichtung und ohne jemanden eines Blickes zu würdigen. Nicole hingegen konnte gleichzeitig mitverfolgen, wie der junge Mann mit den Gauloises aufstand; sie teilte ihrer Schwester mit gebleckten Zähnen und kleinen Gebärden mit, daß er ein bißchen aussehe wie Graf Dracula. Er fuhr sich mit beiden Händen sorgfältig durchs Haar und machte mit seinen ungesund roten Lippen merkwürdige Bewegungen, wie wenn er Speisereste aus den Zahnlücken saugen würde. Auch er tat, als wäre außer ihm niemand im Zug, nach Städtermanier, drehte sich grußlos um und verschwand, und zwar gegen die Fahrtrichtung. Die zwei Schwestern waren allein. Sie waren jetzt müde vom langen, aufregenden Tag und rutschten ungeduldig auf ihren Sitzen umher – wenn die Stadt nur nicht so weit abgelegen von ihrem Dorf wäre! Anne seufzte, lehnte sich zurück und schaute durchs Fenster hinaus auf den Bahnsteig. Dann seufzte auch Nicole und sah nach, was ihre Schwester draußen Interessantes entdeckt haben mochte. Aber da waren nur verlassene Gepäckwagen und graue Regenmäntel und rostbraune Nebengeleise.

Das Fest der Liebe

Mika Waltari
Heiligabend, ein Mietwagen und ein Happy End

Der Morgen des Heiligabend war nebelverhangen und mild. Der Schnee blieb nicht weiß auf den Straßen liegen, sondern zerschmolz zu dunklem, schmutzigem Matsch. Alle Menschen waren in froher, aufgeregter Eile. Auch am letzten Tag hatte jeder noch etwas ganz Dringendes zu erledigen.

Ingenieur Jyrkänne, ein humorvoller und melancholischer Mann, hatte endlich beschlossen, über Weihnachten nicht wegzufahren. Er hatte ein für alle Mal genug von Tante Amalias langweiligem, einsamem Gutshof, wo ein heißes Bad ein Ding der Unmöglichkeit war. Genauso satt hatte er das idyllische Familienglück seines Bruders, das unangenehmen Neid weckte und bei dem er sich zudem halb bemitleidet, halb geduldet vorkam. Nein, am allerbesten blieb er allein in seiner gemütlichen Stadtwohnung. Miina musste selbstverständlich zu Weihnachten nach Hause. Er verließ sich jedoch auf Miinas bewährtes Organisationstalent und darauf, dass er alles Notwendige an relativ vorhersehbaren Stellen vorfinden würde, inklusive des Dosenöffners für die Sardinendose und des Korkenziehers.

Als er am Morgen des Heiligabend am leeren Schreibtisch in seinem Büro darüber nachdachte, wurde ihm plötzlich klar, dass er oberflächlich betrachtet ein gewöhnlicher Mann war. Sogar ein ziemlich bürgerlich etablierter Junggeselle. Obgleich er jung war und erst vor drei Jahren sein Studium erfolgreich abgeschlossen hatte. Ohne größere Erschütterung hatte sich sein Leben in genau festgelegten Bahnen eingefahren. Wenn man es recht überlegte, würde es auf genau diesem Gleis bis zum Ende so weitergehen, bis zu dem Heiligabend, an dem es ihn nicht mehr geben würde.

Plötzlich machte ihn diese Tatsache wütend. Bei diesem Gedanken wand er sich geradezu. Verflixt noch mal, so weit darf es noch nicht gekommen sein. Dass er schon zu Beginn der mittleren Jahre zu verkalken anfing. In dieser romantischen Welt, die dennoch immer voller Ereignisse war, in der sich viele Wege kreuzen und ein geheimnisvoller Zauber die nebelverhangenen Straßen umgibt, wenn man nur richtig hinschaut.

Seiner Trägheit überdrüssig, entschloss er sich zu einem ungewöhnlichen Schritt, und weil schnelle Entschlüsse und ihre rasche Umsetzung eine bedeutende Grundlage seiner Fähigkeiten waren, machte er sich gleich ans Werk. Eine halbe Stunde der Arbeitszeit war vergangen. Zum Büropersonal gehörten ein Kontorist, eine Stenotypistin und ein Laufbursche, über die er im Grunde nichts weiter wusste, als dass der Kontorist verheiratet war, die Stenotypistin montags gelegentlich stark übermüdet zur Arbeit erschien und der Laufbursche Kaugummis unter alle Stühle im Vorzimmer klebte und eine halbe Stunde auf sich warten ließ, wenn er im Postamt nebenan Briefmarken kaufte. Seiner Anweisung gemäß hatten sie genau wie er selbst vor, auch am Heiligabend bis ein Uhr zu arbeiten.

Unvermutet und überraschend trat er aus seinem Zimmer. Die Zeitung verschwand hinter der Schreibmaschine, im Kontorbuch geriet ein Tintenklecks auf einige Rechnungen, die keineswegs geschäftliche Angelegenheiten betrafen, sondern die Anfrage, ob man das Grammofon per Ratenzahlung kaufen könne, wenn zu Jahresbeginn die erwartete Lohnerhöhung einträfe. Der Laufbursche war der Einzige, der sich nicht rührte. Er schlief den seligen Schlaf der unschuldigen Jugend, den Kopf auf der Fensterbank und die Hand am Griff des Vervielfältigungsapparates.

Im Grunde war ein so überraschender Angriff eine Gemeinheit. Denn dergleichen hatte vorher nie zu seinen Gewohnheiten gehört, weil sonst der Wecker auf dem Tisch stand. Sofort herrschte in dem glücklichen Zimmer schreckenswirre Erwartung.

Ingenieur Jyrkänne, insgeheim ein humorvoller und melancholischer Mann, starrte zerstreut hinaus auf die nebelverhangene Straße, bis die Erwartung ihren Höhepunkt erreicht hatte. Dann weckte er behutsam den Laufburschen, der, als hätte er ein Gespenst vor sich, ans andere Ende des Zimmers lief, und verkündete kurzerhand, die Herrschaften dürften beruhigt auf der Stelle verschwinden und über die Feiertage hinaus noch einen zusätzlichen Tag Weihnachtsurlaub freinehmen. Nachdem er das kurze Schweigen ausgekostet hatte, verkündete er seinen Angestellten, er werde ihnen das Gehalt wegen tadelloser – hm – Verdienste erhöhen, zog den Mantel über und ging hinaus; zurück blieb das versteinerte Personal, das sich wie die zum Bild gewordene Verwirrung anstarrte. Es hatte noch nicht einmal jemand daran gedacht, danke zu sagen.

Die geteilte Überraschung löste alle Standesunterschiede auf. Der Laufbursche beging eine unverzeihliche Unverschämtheit, indem er mit rauer Stimme sagte: »Iivari! Ist der Alte verrückt geworden?«

Worauf der Kontorist nach langer und reiflicher Überlegung ernst antwortete: »Nein, natürlich ist er besoffen.«

Doch da niemand Symptome festgestellt hatte, blieb dies lediglich eine vage Vermutung.

Die Stadt war einfach wunderbar an diesem nebelverhangenen, milden Heiligabend. Lichter brannten in allen Läden, die Augen der Menschen strahlten. Alles war schön.

Ingenieur Jyrkänne lenkte seine Schritte wie nach einer Kompassnadel an das Ufer des Kauppatori und kaufte an einem Bahnwaggon einen Weihnachtsbaum. Nach kurzem Nachdenken, was er damit anfangen sollte, schenkte er ihn einem kleinen Jungen, der ganz unsicher nach einem billigeren, kleineren Tannenbaum fragte. Da ihm außerdem auffiel, dass die Hände des Jungen nackt und bläulich waren, holte er aus seiner Brieftasche aufs Geratewohl einen Geldschein. Weil jedoch unter Männern Mitleid verpönt ist, drückte er ihn dem Jungen ungeschickt in die Hand und sagte: »Kauf dir davon Süßigkeiten!« und zog schleunigst seiner Wege. Das war Melancholie, doch später gewann seine humorvolle Seite, und er hoffte, der Junge werde diese Aufforderung nicht allzu wörtlich nehmen. Der Zufall wollte es nämlich, dass er dem Jungen einen Fünfhundert-Mark-Schein gegeben hatte.

Aber weiter: Etwas Ausgefallenes musste man sich einfallen lassen. Etwas, woran man sich viele spätere Weihnachtsfeste gern erinnerte. Denn er würde auch die folgenden Weihnachtsfeste allein verbringen.

Ingenieur Jyrkänne kam zufällig zu einem Taxistand. Dort warteten mehrere Autos. Beim letzten Wagen blieb er stehen und begann ein Gespräch. Dem Fahrer schien es, als habe er einen Leidensgenossen auf der Straße getroffen, er lehnte seinen Kopf an die Brust des unerwarteten Freundes und vertraute ihm in bildhaften Worten seinen Kummer an.

Es war ziemlich traurig, bis spät in die Nacht fremde Menschen zu befördern, wenn zu Hause Weihnachten, die Frau, zwei Kinder und der Weihnachtsbaum warteten. Es war traurig, vor allem wenn man den ganzen Abend lang sah, wie in anderen Fenstern die Kerzen angezündet wurden und man sich vorstellte, wie zu Hause der Schinken kalt wurde und die Kinder beim Warten auf die Geschenke einnickten. Doch der Heiligabend war einer der seltenen Tage, an denen ein Taxifahrer ununterbrochen verdienen konnte. Das durfte man sich nicht entgehen lassen.

Doch da kam Jyrkänne eine glänzende Idee. Der offenherzige Ingenieur fragte, wie hoch der Taxifahrer seinen Verdienst für den ganzen Abend schätzte. Nach reiflicher und gründlicher Überlegung verkündete dieser eine durchschnittliche Summe, abzüglich der Kosten für das Benzin. Der Ingenieur versprach ihm die dreifache Summe, wenn er sich einverstanden erklärte, ihm für diesen Abend den Wagen zum Gebrauch zu überlassen.

Die Zweifel, die dieses überraschende Angebot weckte, waren leicht zerstreut. Man fuhr gemeinsam zur Wohnung des Ingenieurs, dort zog man sich um. Der Ingenieur bekam die Uniform, die Mütze und den Führerschein des Taxifahrers. Für den Heiligabend wurde aus ihm der Taxifahrer Simon Pöntynen. Danach trennten sich die Wege der beiden glücklichen Taxichauffeure.

Das Steuern des Wagens vermittelte ihm das Gefühl, einen hervorragenden Erfolg errungen zu haben. Er war noch nicht wieder zum Taxistand zurückgekehrt, als er durch ein Winken zum Halten veranlasst wurde. Eine ungewöhnlich dicke Frau zwängte sich mitsamt ihren 43 Paketen ins Auto und gab mit verschwitztem Gesicht und keuchendem Atem eine Adresse an. Das Fahren gestaltete sich schwierig, der Nebel und der Verkehr waren ein Hindernis, zum Glück hatte er sich rasch daran gewöhnt. Er brachte die Frau erfolgreich ans Ziel und trug noch die Pakete bis zur Fahrstuhltür. Woraufhin die Frau zum Bezahlen zurückkehrte und von dem Betrag auf dem Taxameter zwei Mark abzog, weil er angeblich mit Absicht einen längeren Weg gefahren war.

Anschließend chauffierte er ein junges Paar, das in eine lebhafte Diskussion vertieft schien. Er wurde angewiesen, auf irgendeinem Weg zum Tierpark zu fahren, der auf direktem Weg zwei Straßenecken entfernt lag. Er fuhr los. In der Nähe des Tierparks drosselte er das Tempo und verfolgte mit Interesse im Spiegel das sich hinter ihm abspielende Drama. Als es zur glücklichen Versöhnung gekommen war und sie sich vertragen hatten, erhöhte er die Geschwindigkeit und kutschierte sie schleunigst ans Ziel. Der junge Mann war außer sich vor Glück und gab ihm nach kurzem Zögern einen Fünfer Trinkgeld.

Er hatte ununterbrochen Fahrgäste. Nur kurz legte er einen Stopp zum Essen im Elanto ein, in der dritten Klasse. Seiner Meinung nach gehörte das dazu. Die Kellnerin wirkte sehr kontaktfreudig und ging gern auf ein Gespräch ein. Er stellte fest, wie schon viele Male zuvor, dass man zum Herzen einer Frau mit dem Auto gelangt. Ein

Auto macht aus einem bedeutungslosen Mann einen Held-
den.

Selbstverständlich hatte er viele Fahrten. Alle hatten
am Heiligabend anscheinend genug Geld für ein Taxi. Gegen acht Uhr abends beförderte er zwei freundliche, alte
Damen vom Weihnachtsgottesdienst nach Hause.

Die eine der beiden Frauen sagte beim Einsteigen: »Das
hier hat bestimmt jemand verloren.«

Gemeint hatte sie eine kleine Damenhandtasche. Die
Handtasche kam ihm bekannt vor. Eine kurze Untersuchung ergab, dass sie vor allem ein Taschentuch der Marke Gloricania, eine Puderdose, auch Gloricania, ein paar
Markstücke und einen Stapel Quittungen von Stockmann
enthielt. Außerdem ein Buch, in dem Name und Adresse
standen, der Inhalt des Buches durfte natürlich nicht gelesen werden.

An die Adresse erinnerte er sich. Dorthin hatte er die junge Frau gebracht, an deren lachendes Leuchten in ihren
bläulichen, nein, blauen Augen im Schein der Straßenla-
terne irgendwo vor einem Haus in Töölö er sich erinnerte.
Nach dem Bezahlen hatte sie ihre Pakete eingesammelt
und musste dabei die Handtasche verloren haben. Das
war natürlich ein Wink des Schicksals. In jedem Fall war
es eine gute Tat, der Besitzerin die Tasche zurückzubrin-
gen.

So stellte er das Schild auf »Besetzt« und fuhr nach
Töölö, fand die eine Tür in dem Treppenhaus mit vielen,
vielen Türen und klingelte.

Er musste geraume Zeit warten. Ein mit Tinte geschrie-
benes Namensschild an der Tür verriet, dass die junge Frau
allein wohnte. Die Tür wurde geöffnet, und er war glück-

49

lich, dass nicht zuerst wie nach Altjungfernart eine Sicherheitskette vorgelegt und gepiepst wurde: »Wer da?«

Nein, die junge Frau öffnete energisch die Tür. Von drinnen drang warmes weiches Licht heraus. Im kalten Licht des Treppenhauses leuchteten diese Augen voll schimmernder Verwunderung.

»Oh, da bin ich aber überrascht. Ich habe niemanden mehr erwartet. Aber es ist außerordentlich freundlich, dass Sie sie mir bringen. Ich dachte schon, ich hätte sie endgültig verloren. Obwohl eigentlich nichts Wertvolles darin ist. Zum Glück hatte ich die Schlüssel in der Manteltasche, so dass ich in die Wohnung kam.«

Danach trat eine verlegene Pause ein. Die junge Frau zögerte und schaute ihn an. Er war verlegen und unendlich froh, dass die junge Frau ihm kein Geld anbot, obwohl er doch nur ein Taxifahrer war. Die junge Frau sagte schließlich: »Ich würde Ihnen gern ein Weihnachtsgeschenk geben, aber ich habe keins. Aber wenn sie es nicht eilig haben, dann würde ich Sie gern zu einem Weihnachtsessen einladen. Aber Sie haben bestimmt ein Zuhause, das auf Sie wartete. Ich Arme bin ganz allein.«

Er erwiderte, er Armer sei auch ganz allein.

»Ach, Sie armer Junge«, es war wirklich niedlich, seit zehn Jahren hatte niemand mehr »armer Junge« zu ihm gesagt. »Das ist ein großartiger Zufall. Ich habe von allem genug vorrätig. Als Dank lade ich Sie ein. Die Kochkunst gehört zwar nicht gerade zu meinen Stärken, aber es wird wohl schmecken. Lassen Sie es uns probieren. Nehmen Sie schon mal Platz.«

Der Taxifahrer hängte seine Mütze wie immer unbeholfen an die Garderobe und trat näher. Im Zimmer herrschten warmes Licht und warme Farben. Hier konnte man sich wohl fühlen. Vom Tagwerk war er müde. Und er war nicht mehr allein. Im Zimmer gab es einen kleinen Tannenbaum, drei rote Kerzen und einen goldenen Stern. Die warmen Nadeln dufteten, und mmh! – der knusprige Schinken.

Während er an dem kleinen Tisch der jungen Frau gegenüber saß, blieb ihm nichts anderes übrig, als zu sagen: »Das Leben ist seltsam«, und sich wie ein Trottel vorzukommen. Der Tisch war so klein, dass sich ihrer beider Knie hin und wieder berührten.

Allmählich warf er seine Zurückhaltung über Bord, woraufhin er begeistert plauderte und feststellte, dass Frauen intelligente und liebenswert romantische Wesen sind. Nach dem letzten Blätterteigstern seufzte die junge Frau zufrieden auf: »Es ist doch ein Glück, einen Freund zu finden, der einen versteht.«

Als er zu sehr später Stunde von dem glücklichen Heiligabend aufbrach, wurde er in der Haustür mit einem langen, freundschaftlichen Händedruck und einem warmen, lieben, blauen Blick bedacht, und er wusste, dass er Weihnachten nie wieder allein verbringen würde und das Leben schön und wunderbar war und jeder Mensch, der nicht heiraten wolltc, ein Trottel war, ein richtiger Volltrottel.

Draußen hatte es zu schneien angefangen. Auf Simon Pöntynens Taxi lag eine dicke Schicht weichen Schnees.

Muriel Spark
Weihnachtsfuge

Als junges Schulmädchen war Cynthia eine Naturliebhaberin gewesen; so hätte sie sich damals selbst bezeichnet. Sie unternahm einsame Spaziergänge an Flussufern, liebte es, den Regen auf ihrem Gesicht zu spüren, sich über alte Gemäuer zu beugen und in dunkle Teiche zu starren. Sie war verträumt, schrieb Naturgedichte. Das gehörte in den siebziger Jahren des 20. Jahrhunderts zur typischen Kultur der sogenannten Home Counties rund um London, und als sie England verließ und zu ihrer nur wenig älteren Cousine Moira nach Sydney ging, ließ sie bis auf die Erinnerungen all das hinter sich. Moira betrieb eine kunterbunte Boutique mit junger Mode, Handtaschen, handgefertigten Pantoffeln, Keramik, Sitzkissen, verziertem Briefpapier und vielerlei anderem Kunsthandwerk. Moira heiratete einen erfolgreichen Anwalt und zog nach Adelaide. Das schöne Sydney kam Cynthia auf einmal leer vor. Zwar hatte sie einen Freund. Aber auch dieser kam ihr plötzlich leer vor. Mit vierundzwanzig wollte sie ein neues Leben. Das alte Leben hatte sie eigentlich nie so recht gekannt.

So viele Freunde hatten sie für Weihnachten zu sich eingeladen, dass sie gar nicht mehr wusste, wie viele. Freundliche Gesichter, die lächelnd sagten: »Ohne Moira wirst du dich einsam fühlen ... Was hast du Weihnachten vor?« Georgie (ihr sogenannter Freund): »Hör mal, du musst zu uns kommen. Wir würden uns sehr freuen, wenn du Weihnachten zu uns kämst. Mein kleiner Bruder und meine kleine Schwester . . .«

Cynthia fühlte sich schrecklich leer. »Nun ja, ich fahre zurück nach England.« »So bald schon? Vor Weihnachten?«

Sie packte ihre Sachen und verschenkte alles, was sie nicht behalten wollte. Sie hatte einen einfachen Flug von Sydney nach London gebucht, genau an Weihnachten. Sie würde den ersten Weihnachtstag im Flugzeug verbringen. Ständig musste sie an die Schönheit und die blühende Lebensart denken, die sie hinter sich ließ, an das Meer, die Strände, die Läden, die Berge, aber nur so, wie man sich über ein altes Gemäuer beugt und träumt. England war ihr Bestimmungsort und ihre wahre Bestimmung. In England hatte sie noch nie ein richtiges Erwachsenenleben geführt. Georgie brachte sie zum Flughafen. Auch er hatte ein neues Leben vor sich, die blauen Hügel und die wunderbaren Farben von Brisbane, Queensland, wo sein einziger Onkel eine Schaffarm besaß und seine Hilfe brauchte. Einer anderen, dachte Cynthia, wird er nicht leer vorkommen. Keine Spur. Aber mir kommt er leer vor.

In England würde sie nicht allein sein. Ihre Eltern – geschieden – waren Anfang der Fünfzig. Ihr Bruder – noch unverheiratet – arbeitete als Buchhalter in der City. Eine Tante war kürzlich verstorben; Cynthia war die Testamentsvollstreckerin. In England würde sie nicht allein sein und auch nicht unschlüssig darüber, was sie tun sollte.

Das Flugzeug war fast leer.

»An Weihnachten fliegt niemand«, sagte die Stewardess, die die ersten Getränke servierte. »Oder nur sehr wenig Leute. Vor Weihnachten gibt's immer einen Ansturm, und vom zweiten Weihnachtstag an bis Neujahr sind die Flugzeuge immer voll. Danach normalisiert sich alles langsam wieder.« Sie sprach zu einem jungen Mann, der eine Bemerkung über die vielen leeren Sitzplätze gemacht hatte. »Ich verbringe Weihnachten im Flugzeug, weil ich nicht wusste, wohin sonst mit mir. Ich dachte mir, es könnte lustig werden.«

»Es wird lustig«, versprach die hübsche Flugbegleiterin. »Für Spaß werden wir schon sorgen.«

Der junge Mann schien erfreut. Er saß ein paar Reihen vor Cynthia. Er sah sich um, erblickte Cynthia und lächelte. Im Lauf der nächsten Stunde ließ er diese kleine Welt über den Wolken wissen, dass er Lehrer war und von einem Austauschprogramm zurückkehrte.

Die Maschine war am ersten Weihnachtstag um drei Uhr nachmittags von Sydney abgeflogen. Bis nach Bangkok, dem Zwischenstopp zum Auftanken, waren es mehr als neun Stunden.

Auf zwei freien Sitzplätzen ganz vorne in der Kabine fläzte sich ein Ehepaar mittleren Alters, das ganz in seine Lektüre vertieft war: Er las eine Nummer des *Time Magazine*, sie eine zerfledderte Taschenbuchausgabe von Agatha Christies *Das fehlende Glied in der Kette*.

Unterwegs zu den Toiletten kam ein dünner, hochgewachsener Mann mit Brille an dem Paar vorbei. Auf dem Rückweg blieb er stehen, deutete auf das Taschenbuch und sagte: »Agatha Christie! Sie lesen Agatha Christie. Das ist eine Serienmörderin. In der Schattenseite Ihrer Seele sind Sie selbst eine Serienmörderin.« Der Mann strahlte triumphierend und steuerte auf einen Sitzplatz hinter dem Paar zu.

Als ein Steward auftauchte, riefen die beiden ihn wie aus einem Mund herbei. »Wer ist dieser Mann?« – »Haben Sie gehört, was er gesagt hat? Er hat gesagt, ich sei eine Serienmörderin.«

»Entschuldigen Sie, Sir, gibt es ein Problem?«, wollte der Steward von dem Mann mit der Brille wissen.

»Ich habe nur eine Bemerkung gemacht«, erwiderte der Mann.

Der Steward verschwand nach vorn und kehrte mit einem Uniformierten zurück, einem Kopiloten, der ein Blatt Papier, offenbar eine Passagierliste, in der Hand hielt. Er warf einen Blick auf die Sitzplatznummer des bebrillten Missetäters, dann auf diesen selbst: »Professor Sigmund Schatt?« – »Sygmund mit Ypsilon«, präzisierte der Professor. »Es ist alles in Ordnung. Ich habe nur eine fachliche Bemerkung gemacht.«

»Bitte behalten Sie die in Zukunft für sich.«

»Ich lasse mich nicht mundtot machen«, sagte Sygmund Schatt. »Da können Sie noch so sehr gegen mich intrigieren und kabalieren.«

Der Kopilot ging zu dem Paar, beugte sich zu ihnen und flüsterte ihnen beruhigend etwas zu.

»Sie werden!«, sagte Schatt.

Der Kopilot kam den Gang entlang auf Cynthia zu. Er setzte sich neben sie.

»Ein Spinner ersten Grades. In Flugzeugen immer ein bisschen beunruhigend. Aber vielleicht ist er harmlos. Wollen wir's hoffen. Fühlen Sie sich einsam?«

Cynthia musterte den Mann in Uniform. Er war gut

aussehend und recht jung, jung genug. »Ein bisschen«, sagte sie.

»Die First Class ist leer«, sagte er. »Möchten Sie nach vorn kommen?«

»Ich will nicht –«

»Kommen Sie mit«, sagte er. »Wie heißen Sie?«

»Cynthia. Und Sie?«

»Tom. Ich bin einer der Piloten. Heute sind wir zu dritt, bis jetzt zumindest. In Bangkok kommt noch einer dazu.«

»Dann kann ich mich ja sicher fühlen.«

In Bangkok gingen alle anderen von Bord, um sich anderthalb Stunden die Beine zu vertreten; die Passagiere wanderten in den Abteilungen des Dutyfree-Shops umher und kauften Geschenke »aus Bangkok«, unnütze Dinge wie Puppen und Seidenkrawatten. Sie tranken Kaffee und andere Getränke, aßen Kekse und anderes Gebäck. Tom und Cynthia blieben allein zurück. In einer wunderschön eingerichteten Kabine mit richtigen Vorhängen an den Fenstern – unrealistische gelbe Blumen auf weißem Hintergrund – liebten sie sich. Danach erzählten sie einander von sich und liebten sich ein zweites Mal.

»Weihnachten«, sagte er. »Diesen Weihnachtstag werde ich nie vergessen.«

»Ich auch nicht«, sagte sie.

Sie hatten noch eine halbe Stunde Zeit, bevor die Besatzung und die anderen Fluggäste zurückkommen würden. Sie sahen, wie einer der Tankwagen, der die Maschine aufgetankt hatte, davonrollte.

In der Toilette mit den Duftwässerchen und Zahnbürsten ließ sich Cynthia genüsslich Zeit. Sie machte sich frisch und hübsch und kämmte ihren gutgeschnittenen schwarzen Pagenkopf. Als sie wieder in die Kabine trat, kehrte er gerade von irgendwoher zurück. Er sah jung aus. Lächelnd überreichte er ihr ein Päckchen. »Ein Weihnachtsgeschenk.« Das Päckchen enthielt einen Satz Krippenfiguren aus Gips, »made in China«. Eine kniende Jungfrau, der heilige Joseph, das Jesuskind und ein Schuhmacher mit seiner Werkbank, ein Holzfäller, ein nicht weiter identifizierbarer Mönch, zwei Hirten und zwei Engel.

Cynthia stellte sie auf dem Tisch vor sich auf.

»Glaubst du daran?«, fragte sie.

»Nun, ich glaube an Weihnachten.«

»Ja, ich auch. Es bedeutet ein neues Leben. Aber ich kann mir nicht vorstellen, dass eine Mutter und ein Vater wirklich vor der Krippe knien und ihr Kind anbeten, du etwa?«

»Nein, das ist symbolisch zu verstehen.«

»Die sind richtig hübsch«, sagte sie und berührte ihre Geschenke. »Echt sind sie, nicht aus Plastik.«

»Komm, lass uns feiern«, sagte er. Er verschwand und kehrte mit einer Flasche Champagner zurück.

»Wie teuer...«

»Keine Sorge. In der First Class fließt der Champagner nur so.«

»Hast du später Dienst?«

»Nein«, antwortete er, »ich stempele morgen ein.«

Sie liebten sich ein drittes Mal, hoch über den Wolken.

Danach ging Cynthia zu ihrer früheren Sitzreihe zurück. Professor Sygmund Schatt stritt sich gerade mit einer Stewardess wegen seiner Mahlzeit, die er anscheinend im Voraus bestellt hatte und die seinen Ansprüchen aus irgendeinem Grund nicht genügte. Cynthia setzte sich auf ihren alten Sitzplatz, entnahm der Tasche vor ihr eine Postkarte und schrieb an ihre Cousine Moira. »In zehntausend Meter Höhe lasse ich es mir gutgehen. Habe ein neues Leben begonnen. Tausend Küsse, Cynthia.« Dann hatte sie das Gefühl, dass dieser Sitzplatz Teil ihres alten Lebens war, und ging wieder in die First.

In der Nacht kam Tom und setzte sich zu ihr.

»Du hast nicht viel gegessen«, sagte er.

»Woher weißt du das?«

»Es ist mir aufgefallen.«

»Mir war nicht nach Weihnachtsessen zumute«, sagte sie.

»Magst du jetzt etwas essen?«

»Ein Truthahnsandwich. Ich geh mal hin und frag die Stewardess.«

»Überlass das mir.«

Tom erzählte ihr, er befinde sich in der letzten Phase einer Scheidung. Zweifellos sei es für seine Frau schwer gewesen, dass er so oft beruflich unterwegs sei. Aber sie hätte irgendein Studium anfangen können. Sie wolle einfach nichts lernen, Lernen sei ihr verhasst.

Und er sei einsam. Er machte ihr einen Heiratsantrag, und sie war nicht im Mindesten überrascht. Aber sie sagte: »Ach, Tom, du kennst mich doch gar nicht.«

»Ich glaub schon.«

»Wir kennen einander doch gar nicht.«

»Nun, ich finde, wir sollten einander kennenlernen.«

Sie sagte, sie werde es sich überlegen. Sie versprach, ihre Pläne auf Eis zu legen und eine Weile bei ihm in London zu bleiben, in seiner Wohnung in Camden Town.

»In drei Tagen habe ich frei – Ende der Woche«, sagte er.

»Mein Gott, ist er wirklich in Ordnung, kann ich mich auf ihn verlassen?«, fragte sie sich. »Bin ich bei ihm sicher aufgehoben? Wer ist er überhaupt?« Aber sie war schon hin und weg.

Gegen vier Uhr morgens wachte sie auf und fand ihn an ihrer Seite. Er sagte: »Heute ist der zweite Weihnachtstag. Du bist ein wunderbares Mädchen.«

Das hatte sie sich schon immer gedacht, aber bislang war sie Männern gegenüber immer sehr schüchtern gewesen. In Australien hatte sie zwei kurze Liebesaffären gehabt, keine von beiden besonders denkwürdig. Ganz allein mit Tom im First-Class-Abteil hoch über den Wolken – das war Wirklichkeit, etwas, woran sie sich erinnern würde, der Anfang eines neuen Lebens.

»Ich geb dir den Schlüssel zur Wohnung«, sagte er. »Fahr am besten gleich hin. Niemand wird dich stören. Ich teile sie mit meinem jüngeren Bruder. Aber der ist etwa sechs Wochen weg. Genauer gesagt, er sitzt im Gefängnis. Er ist in ein Handgemenge mit Fußballfans geraten, und jetzt sitzt er wegen schwerer Körperverletzung und Landfriedensbruch. Dabei war die Körperverletzung gar nicht so schwer. Er war nur zur falschen Zeit am falschen Ort. Wie auch immer, die Wohnung ist mindestens sechs Wochen lang frei.«

Trotz der frühen Morgenstunde – zehn nach fünf – wartete am Flughafen eine ziemlich große Menschenmenge auf die Ankunft der Maschine. Nachdem Cynthia ihr Gepäck an sich genommen hatte, schob sie ihren Kofferkuli zum Ausgang. Sie rechnete überhaupt nicht damit, dass irgendjemand sie abholen würde.

Aber da standen sie: ihr Vater und seine Frau Elaine; ihre Mutter mit ihrem Mann Bill; hinter ihnen drängten sich am Absperrgitter ihr Bruder und seine Freundin, die angeheiratete Cousine ihrer Cousine Moira und ein paar andere Männer und Frauen, die sie nicht identifizieren konnte, begleitet von einigen Kindern zwischen zehn und vierzehn Jahren. Genau genommen waren alle Angehörigen ihrer Familie, bekannte und unbekannte, gekommen, um Cynthia in Empfang zu nehmen. Woher wussten sie ihre Ankunftszeit? Sie hatte doch nur versprochen, anzurufen, sobald sie in England wäre. »Deine Cousine Moira«, erklärte ihr Vater, »hat uns deine Flugverbindung genannt. Wir wollten, dass du nach Hause kommst, das weißt du doch.« Zuerst fuhr sie zum Haus ihrer Mutter. Es war der zweite Weihnachtstag, aber man hatte das Weihnachtsfest für ihre Ankunft aufgespart. Sämtliche Weihnachtsrituale wurden sorgsam befolgt. Der Baum und die Geschenke – Dutzende von Geschenken für Cynthia. Zum Weihnachtsessen kamen ihr Bruder mit seiner Freundin sowie einige Cousins und Cousinen.

Als sie daran gingen, die Geschenke aufzumachen, förderte Cynthia aus ihrem Gepäck einige Päckchen zutage, die sie für diesen Anlass aus Australien mitgebracht hatte, darunter auch eine für ihren Bruder bestimmte Weihnachtskrippe aus Gips, »made in China«.

»Wie hübsch«, sagte ihr Bruder. »Eine der schönsten, die ich je gesehen habe, und nicht aus Plastik.«

»Ich hab sie in Moiras Boutique gekauft«, sagte Cynthia. »Sie hat immer ganz besondere Sachen.«

Sie erzählte ausführlich von Australien und seinen Wundern. Dann, beim Tee, kamen sie auf das Testament der Tante zu sprechen, deren Nachlassverwalterin Cynthia war. Als Testamentsvollstreckerin fühlte Cynthia sich pudelwohl und ganz in ihrem Element, obwohl sie normalerweise verträumt war und überhaupt keinen Rechtsverstand besaß, denn das Vertrauen ihrer Tante in sie schmeichelte ihr. Ihr Amt als Testamentsvollstreckerin stattete sie innerhalb der Familie mit Autorität aus. Sie verabredete nun, Neujahr bei ihrem Vater und seiner zweiten Sippe zu verbringen.

Ihr Bruder hatte die Krippenfiguren auf einem Tisch aufgestellt. »Ich weiß nicht«, sagte sie, »warum die Mutter und der Vater neben dem Kind knien; es kommt mir so unwirklich vor.« Was die anderen auf diese Bemerkung antworteten, wenn überhaupt, hörte sie nicht. Sie spürte nur, wie sich seltsame Erinnerungen in ihr regten. In Camden Town gab es anscheinend eine Wohnung, aber sie hatte keine Ahnung, wie die Adresse lautete.

»Die Maschine ist in Bangkok zwischengelandet«, erzählte sie den anderen.

»Bist du von Bord gegangen?«

»Ja, aber man darf den Flughafen nicht verlassen, wie ihr wisst. Es gab eine Kaffeebar und einen hübschen Laden.«

Erst später, als sie allein in ihrem Zimmer war und ihren Koffer auspackte, rief sie bei der Fluggesellschaft an.

»Nein«, sagte eine Frauenstimme, »ich glaube nicht, dass wir in den Kabinen der First Class Vorhänge mit gelben Blumen haben. Da muss ich nachfragen. Gibt es einen besonderen Grund ...?«

»Da war ein Kopilot namens Tom. Könnten Sie mir bitte seinen vollständigen Namen sagen? Ich habe eine dringende Nachricht für ihn.«

»Was für ein Flug, sagten Sie?«

Cynthia nannte ihr nicht nur den Flug, sondern auch ihren Namen und ihre ursprüngliche Sitzplatznummer in der Business Class.

Nach einer langen Pause meldete sich die Stimme wieder. »Ja, Sie sind einer der Fluggäste.«

»Das weiß ich«, sagte Cynthia.

»Leider darf ich Ihnen keine Auskünfte über unsere Piloten erteilen. Aber in dieser Maschine gab es keinen Piloten namens Tom ... Thomas, nein. Die Flugbegleiter in der Business Class hießen Bob, Andrew, Sheila und Lilian.«

»Keinen Piloten namens Tom? Um die fünfunddreißig, großgewachsen, braunes Haar. Ich bin ihm begegnet. Er wohnt in Camden Town.« Cynthia umklammerte den Hörer. Sie sah sich in der Wirklichkeit des Zimmers um.

»Die Piloten sind alle Australier; das darf ich Ihnen noch verraten, mehr aber nicht. Tut mir leid. Es ist unser Personal.«

»Es war ein denkwürdiger Flug. An Weihnachten. Den werde ich nie vergessen«, sagte Cynthia.

»Danke. Das freut uns«, sagte die Stimme. Sie schien Tausende Kilometer entfernt.

Wieder vereint

T. C. Boyle
Tauwetter

Er liebte sie, diese Füße, die in Schuhe mit hohen Absätzen gehörten, in Kalbslederpumps, in Pelzpantoffeln mit Knopfaugen und Kaninchenohren, und nun standen sie hier nackt im Schnee. Ihn fror in seiner Jeansjacke, der Kragen war hochgeschlagen, ein Schal fest um seinen Hals gewickelt, und seine Finger waren so taub, daß er sich kaum eine Zigarette anzünden konnte. Sie stand im Bademantel neben ihm und zitterte nicht einmal richtig. Der Schnee bestäubte den wilden Efeu ihres Haars. Er sah zu, wie sie die Arme reckte, wie ihre Brüste sich sanft hoben, als sie sich das Haar nach hinten strich und die Badekappe über den Kopf stülpte. Dann zog er heftig an der Zigarette und blickte sich um.

Auf dem Platz standen vielleicht zwanzig Autos: Kombiwagen, Volvos, VW-Käfer, große stahlblaue Buicks mit kollisionssicheren Stoßstangen und nautischen Belüftungsschlitzen. Ein paar Zentimeter Neuschnee verwischten die festgefrorenen Fahrspuren und die mit gelbem Eis bedeckten Pfutzen, die wie verschorfte Wunden darunterlagen. Hinter dem Parkplatz war eine kleine Böschung, das weiße Geländer am Pier und das schwarze, schwappende Wasser des Hudson River. Es war fünf vor zwei – er sah auf die Uhr –, aber der dunkle Bauch des Himmels hing so tief, als dämmerte schon der Abend.

Als sie aus dem Wagen ausgestiegen war, hatte Naina eine Kettenreaktion in Gang gesetzt; nun wurde eine Autotür nach der anderen aufgestoßen, und die anderen stiegen ebenfalls aus. Es waren lauter alte Leute, soweit er sehen konnte. Einige vielleicht nicht ganz so alt. Manche in Frotteemänteln, manche ohne. Die Männer waren Gespenster in schlotternden Badehosen, O-beinig, plattfüßig und glatzköpfig, mit eingefallenen Bäuchen und schütterem grauem Haar rings um die Brustwarzen. Ihm fiel Buster Keaton in seinem antiquierten Schwimmanzug und mit Strohhut ein. Die Frauen waren massiger, ihre Rundungen wie Würste in die schwarzen Stretchhüllen ihrer Einteiler gezwängt. Ihre Füße waren aufgedunsen und rot, die Schenkel fleckig von mangelnder Bewegung, die Oberarme mächtig, walzenförmig, talgfarben. Sie plauderten fröhlich miteinander, wie Schulmädchen bei einem Picknick, mit dem starken Akzent einer anderen Zeit, eines anderen Orts.

»Mein Gott, Naina«, flüsterte er, zu ihr gewandt, »das ist ja verrückt. Wie aus einem Fellini-Film. Sieh dir die bloß mal an.« Naina lächelte ihn mit geschlossenen Lippen kurz an – ein tolerantes Lächeln, zurückhaltend und gelassen, ein Lächeln, das ihm in die Lenden fuhr und ihn schwach werden ließ wie vor Hunger –, und dann preschte ihre Mutter auf den Parkplatz. Wie ein Mann drehte sich die ganze Gruppe zu dem uralten, von Rost zerfressenen Pontiac um, der auf sie zuschaukelte. Er sah das Grinsen auf Mama Vyshenskys breitem, leicht schnurrbärtigem Gesicht, während sie mit dem Lenkrad kämpfte und über die Bodenwellen fuhr. Er erstarrte einen Augenblick lang, weil er sicher war, daß die letzte, schleudernd genommene Kurve sie in voller Breitseite gegen seinen Camaro rutschen lassen würde, doch die dicke, rostflekkige Stoßstange kam knapp zwei Meter davor ruckartig zum Stehen. »Naina!« rief sie und stieg schwerfällig aus dem Auto, um ihre Tochter zu umarmen, als hätte sie sie seit zwanzig Jahren nicht mehr gesehen. »Und Marty«, sie drehte sich zu ihm und umfing ihn kurz mit beiden Armen. »Schönes Wetter, nein?«

Der Atem strömte aus ihren Nasenlöchern. Sie war eine große Frau mit Grübchen und unbezähmbaren Augen, praktisch das Ebenbild von Nina Chruschtschowa. Ihre Füße – genauso geschwollen und rot wie die der anderen – waren in ein Paar billige Plastiksandalen gezwängt, und sie trug einen zeltförmigen Badeanzug in einem Gelb, neben dem sich der Camaro mausgrau ausnahm. »Sonia!« rief sie, drehte sich um und fuchtelte mit der Hand herum. »Marfa!« Gebrabbel auf ukrainisch, dann versammelte sich die Gruppe.

Marty spürte den Wind auf seiner ungeschützten Hand, zog ein letztes Mal an seiner Zigarette, schnippte die Kippe weg und vergrub die Hand tief in der Tasche. Das war vielleicht ein Ding. Verrückt. Er kam sich vor wie ein Tourist auf einem fremden Planeten. Ein alter Kauz rieb sich Schnee in die Haare seiner nackten Brust, ein anderer rutschte auf dem Hintern die Böschung hinab. »Trinkspruch!« rief jemand, und alle versammelten sich um eine Flasche Stolitschnaja, hatten plötzlich fingerhutgroße Gläser in den Händen. Als ein Greis mit feuerroten Ohren ihn fragte, wo denn seine Badehose sei, antwortete Marty, ihm sei noch nicht kalt genug, noch lange nicht.

Sie tranken. Eine Runde, eine zweite, dann schrien sie etwas Unverständliches und warfen die Gläser über die Schultern. Zwei schwerfällige alte Frauen fingen an, sich zum Spaß um ein Handtuch zu raufen, während Nainas Mutter sie anfeuerte, und die anderen lachten wie verrunzelte Kinder. Und Naina? Naina ragte unter ihnen heraus wie eine jungfräuliche Königin, dreißig Jahre jünger als alle übrigen. Mindestens. Genau das war es, wurde ihm plötzlich klar – ein uralter Ritus, das Jungfrauenopfer. Allerdings kamen sie in diesem Fall ein bißchen zu spät, dachte er und fühlte wieder das Ziehen in den Lenden. Er drückte ihre Hand, starrte in den Vorhang aus fallendem Schnee und sah, wie in der Ferne die Berge verschwanden und wieder auftauchten.

Dann hörte er das erste Klatschen; im Umdrehen sah er einen rot angelaufenen kahlen Kopf auf den Wellen schaukeln, und der alte Mann mit den Feuerohren segelte gerade durch die Luft, die Knie eng an die Brust gezogen. Es klatschte noch einmal – eine echte Wasserbombe diesmal – und wieder und wieder, und dann waren sie alle drin, planschten herum wie junge Robben. Naina sprang als eine der letzten, das Kinn gesenkt, die Füße fest auf dem Boden, die Oberschenkel spannten sich kurz an, als sie sich in den Tumult des Sturms hechtete und die glatte schwarze Oberfläche in vollendeter Grazie und Harmonie teilte. Das Ganze ließ ihn kalt.

Sie waren etwa einen Monat lang zusammengewesen, als sie ihn zum erstenmal zu ihrer Mutter mitgenommen hatte. Es war Mitte Oktober, frostig, ein Dauerregen fetzte das Laub von den Bäumen. Er wollte ihre Mutter nicht kennenlernen. Er wollte mit ihr im Bett bleiben und sie überall berühren. Er war dreiundzwanzig und hatte von Müttern genug.

»Erwarte dir nichts Großartiges«, sagte Naina auf der Hinfahrt und rutschte näher an ihn heran. »Es ist das Haus, in dem ich aufgewachsen bin. Mama ist keine perfekte Hausfrau.«

Er musterte sie, ihr Gesicht, offen wie das einer Puppe, die hohe Stirn, die dichten Augenbrauen, die Augen, so hell wie Eis, und ihr Haar. Ihr Haar war es gewesen, das ihn als erstes an ihr fasziniert hatte. Das und ihre Stimme, so ruhig und friedlich wie die Stimme, die im Innern seines Kopfes sprach. »Wie lange müssen wir denn bleiben?« fragte er.

Das Haus lag in Cold Spring, zwei Stock hoch, weiß mit grünen Tür- und Fensterrahmen, und brauchte dringend einen frischen Anstrich. Es war ein altes Haus, an den steilen Hügel geschmiegt, der durch den Ort zum Fluß hinunter abfiel. Nainas Mutter erwartete sie an der Tür. »Das ist also Marty«, stellte sie fest, so als könnte er auch jemand anders sein, und zu seinem Entsetzen umarmte sie ihn. »Hinein«, sagte sie, »hinein«, trieb sie vor sich her und schlug die Tür krachend zu. »Scheußliches Wetter, nein?«

Drinnen war es eng und heiß, im Raum hingen schwere Essensdünste. Er war kein Feinschmecker und konnte das Aroma nicht identifizieren, doch es ließ Erinnerungen an die High-School und an fettarmige Frauen aufsteigen, die über den mächtigen, brodelnden Töpfen in der Mensa Wache gestanden hatten. Es war kein gutes Omen. »Hinsetzen«, sagte Nainas Mutter und deutete auf ein windschiefes Sofa, auf dem eine Wolldecke und drei fette Katzen lagen. Mit einem »Schhh!« verscheuchte sie die Katzen, und er setzte sich hin. Er blickte sich um. Überall gehäkelte Deckchen, Lampen mit fleckigen Schirmen, stapelweise Zeitungen und Zeitschriften. An der Wand über dem Heizkörper das gerahmte Porträt eines blauäugigen Christus.

Naina nahm neben ihm Platz, während ihre Mutter umherwieselte, Möbel verrückte, Dinge hin und her schob und ihn dabei die ganze Zeit aus den Augenwinkeln beobachtete. Er schlief mit ihrer Tochter, und sie wußte es. »Ein Pfefferminz?« fragte sie und wirbelte zu ihm herum, in der Hand eine Konfektschachtel von der Größe eines Fotoalbums, »für dich, nein? Bier vielleicht? Ein schönes Glas Buttermilch?«

Er wollte gar nichts. »Nein danke«, brachte er hervor, und die Worte blieben ihm beinahe in der Kehle stecken. Naina nahm ein Pfefferminzkonfekt.

Endlich setzte sich die alte Frau aufs Sofa neben ihn – direkt neben ihn, dabei standen sechs Sessel im Zimmer –, und er spürte, wie er in die Kissen einsank wie in einen Morast. In der Küche brannte etwas an: er konnte es riechen, hörte das Zischen. Im Sitzen überragte sie ihn. »Du hast meine Naina gern?« fragte sie.

Die Frage überrumpelte ihn. Sie hatte ihm einen Medizinball zugeworfen, und er war zu schwach, um ihn ihr wieder zuzuspielen. Gern? Ob er ihre Naina gern hatte? Er genoß die Stunden mit ihr – Stunden, die zu Tagen wurden –, und er machte Sachen mit ihr im Dunkeln und auch bei Licht. Ob er sie gern hatte? Er wäre am liebsten durch die Decke gegangen.

»Du nennst mich Mama«, sagte sie und tätschelte seine Hand. »Nicht dieses blöde Mrs.« Sie fixierte ihn wie eine Augenärztin. »Aha. Du hast sie gern?« wiederholte sie.

Er fühlte sich kein bißchen wohl in seiner Haut, sah hinüber zu Naina – dieses Lächeln, schmallippig und gelassen, ihre tanzenden Augen –, dann wieder zu ihrer Mutter, und schließlich heftete er den Blick auf seine Schuhe. »Ja«, sagte er ganz leise.

»Hm«, grunzte die alte Frau und kniff die Augen zusammen, als träfe sie soeben eine Entscheidung. Dann erhob sie sich mühsam, und während er noch halb überrascht, halb gedemütigt zu ihr aufsah, breitete sie in einer majestätischen Geste die Arme über ihn aus. »All das hier«, sagte sie, »wird eines Tages dir gehören.«

»Also, was soll das heißen – Liebe und Heiraten und der ganze Scheiß?«

Marty starrte in sein Cocktailglas. Es war November. Naina war in der Kunstakademie, und er saß an der Bar des »Bum Steer« und redete über sie. Mit Terry. Terry war gerade aus San Francisco zurück; er trug einen Cowboyhut und einen Ohrring. »Nein«, wehrte sich Marty, »ich meine, sie ist eine tolle Frau, weiter nichts. Und ein großartiger Mensch. Sie wird dir gefallen. Wirklich. Sie ist –«

»Wie sieht denn ihre Mutter aus?«

Mama Vyshensky stieg vor seinem inneren Auge auf, ihr Gesicht mit dem unrasierten Damenbart, die Beine wie Laternenmasten, die breiten Schultern und das Pendeln ihres eingefallenen Busens. »Was meinst du damit?«

Terry hatte ein Bier bestellt, dazu ein Glas Tomatensaft. Er trank einen Schluck Bier, dann kippte er den Tomatensaft hinein. Die Flüssigkeit breitete sich aus wie Blut. »Ich meine, irgendwann sehen sie doch alle wie ihre Mütter aus. Und alle wollen sie was von dir.« Terry rührte mit

71

dem Zeigefinger in seinem Tomatenbier und leckte ihn dann versonnen ab. »Ehe du dich's versiehst, hast du sechs sabbernde Gören, ein kleines rosa Häuschen und bist mit ihrer Mutter verheiratet.«

Bei dem Gedanken daran wurde ihm übel. »Ich nicht«, sagte er. »Kommt nicht in Frage.«

Terry schob sich den Hut in den Nacken und spielte kurz mit dem Ohrring. »Wohnt ihr schon zusammen?«

Marty spürte, wie er rot wurde. Er hob seinen Drink und stellte ihn wieder ab. »Wir haben darüber gesprochen«, sagte er schließlich, »ich meine, wozu eigentlich doppelt Miete bezahlen? Sie hat ein Apartment in Yorktown, und ich wohne immer noch in dem Bungalow. Aber ich weiß noch nicht.«

Terry grinste ihn an. Er beugte sich vor und knuffte ihn gegen die Schulter. »Du bist hinüber, Mann«, sagte er. »Es ist aus mit dir. Vogelgezwitscher und Blümchentapete.«

Marty zuckte die Achseln. Er wollte grinsen, beherrschte sich aber. Er wollte über sie sprechen – er war erfüllt von ihr –, doch er befand sich hier auf einer Gratwanderung. Er und Terry waren beide Männer von Welt, und Männer von Welt sprachen nicht in schmachtendem Ton über ihre Frauen. »Es gibt eine Regel«, sagte er. »Sie müssen einen zuerst lieben. Und mehr als alles andere. Stimmt's?«

»Amen«, sagte Terry.

Sie schwiegen eine Weile und grübelten über diese Perle der Wahrheit nach. Marty leerte sein Glas und bestellte ein neues.

»Was soll's?« meinte Terry. »Ich will auch noch eins.«

Die Drinks kamen. Sie nippten nachdenklich daran.

»Mann«, sagte Terry, »weißt du was? Ich hab deine Mutter getroffen. Auf dem Flughafen. Echt merkwürdig. Ich meine, da bin ich sechs Monate drüben an der Westküste, und kaum steig ich aus dem Flugzeug, steht da deine Mutter.«

»Wer war denn bei ihr?«

»Keine Ahnung. Irgend so ein mageres, weißhaariges Alterchen in Anzug und Texas-Schlips. Sie hat mich begrüßt, und ich hab dem Typ die Hand geschüttelt. Sie flogen gerade auf die Bermudas, hat sie mir, glaub ich, erzählt.«

Marty sagte nichts dazu. Er nippte an seinem Drink. »Sie ist ein Miststück«, sagte er schließlich.

»Tja«, sagte Terry und vertiefte sich erneut in die Zeremonie des Mixens von Bier und Tomatensaft, »von mir aus. Aber hör mal«, er wandte sich ihm zu, und sein Gesicht erhellte sich unter der überdimensionalen Krempe seines Cowboyhuts, »ich hab dir noch gar nichts von San Francisco erzählt – ich meine, da drüben, da ist echt 'ne Menge los.«

Im Januar, einen Monat nachdem er zugesehen hatte, wie sie die eisigen Wasser des Hudson geteilt hatte, kam das Thema der Wohnverhältnisse wieder zur Sprache. Sie hatte für ihn gekocht, ein Gericht aus Tomaten und Nudeln, das sie zwar Spaghetti nannte, das aber sehr *à la Kiew* schmeckte, roch und aussah – was nicht hieß, daß es schlecht war, nur waren es eben nicht Spaghetti, wie er sie kannte. Er nahm sich zweimal nach, dann zündete er ein Feuer im Kamin an, und sie machten es sich auf dem Sofa bequem. »Weißt du, das ist schon verrückt«, sagte sie mit ihrer sanftesten Stimme, der mit dem leichten Stocken.

Es war ein langer Tag gewesen – seit einem Jahr war er Lehrer an einer Sonderschule –, und die Kinder hatten wie wild getobt. Im Werkunterricht hatten sie bei allen Werkzeugen die Griffe abgesägt, in der Mittagspause waren Steine gegen den Schulbus geflogen. Er war schläfrig. »Hm?« brachte er als Reaktion zustande.

Ihre Stimme schnurrte an seinem Ohr. »Daß ich dauernd hier bin; ich meine, die eine Hälfte meiner Sachen ist hier, die andere in meiner Wohnung. Es ist verrückt.«

Er sagte nichts, aber seine Augen waren jetzt offen.

Auch sie schwieg. Ein Holzscheit knackte im Kamin. »Es ist so eine Verschwendung«, sagte sie schließlich. »Allein die Miete, ganz zu schweigen vom Benzin und dem Verschleiß am Auto . . .« Er stand auf und stocherte mit abgewandtem Gesicht im Feuer herum. »Terry geht im Sommer zurück an die Westküste. Er will mich mitnehmen. Für einen Urlaub. Ich bin ja noch nie drüben gewesen.«

»Und was bedeutet das?« fragte sie.

Er stocherte im Feuer.

»Du weißt, daß ich nicht mitkommen kann«, sagte sie nach einer Weile. »Ich habe Kurse an der Akademie belegt. Du weißt das doch, oder?«

Er bekam Schuldgefühle. Und er sah auch so aus. Er zuckte die Achseln.

Später machte er Irish Coffee, mit viel Zucker, Sahne und Whisky. Sie saß zusammengerollt in der Ecke des Sofas, mit nackten Beinen und angezogenen Füßen. Sie wollte über Nacht bleiben. Wind war aufgekommen, und der Eisregen prasselte gegen die Fenster. Er brachte ihr den Kaffee, setzte sich neben sie und nahm ihre Hand. In diesem Moment trat ihm wieder das Bild vor Augen, wie sie sprungbereit am Rand des verschneiten Piers gestanden hatte. »Erzähl mir noch mal davon«, sagte er, »vom Wasser damals, wie es sich angefühlt hat.«

»Wie?«

»Na, du weißt schon, die Sache mit dem Eisbären-Club.«

Er beobachtete ihr langsames Lächeln, sah zu, wie der verschneite Nachmittag sich in ihren Blick stahl. »Ach so, das – das mache ich schon seit meinem dritten Lebensjahr. Das ist nichts Besonderes. Ich denke nicht einmal daran.« Sie sah an ihm vorbei, starrte in die Flammen. »Du wirst es nicht glauben, aber es ist gar nicht so kalt – im Gegenteil.«

»Hast recht«, sagte er. »Ich glaub's nicht.«

»Nein, wirklich«, beharrte sie und blickte ihn dabei direkt an. Sie schwieg, zuckte die Achseln, nahm einen Schluck Kaffee. »Es kommt wohl auf die innere Einstellung an.«

Ende Juni, kurz bevor er nach San Francisco aufbrach, verreisten sie noch einmal zusammen. Er hatte von einem Platz zum Angeln im Norden von Quebec gehört, einem Ort namens Chibougamau, wo einem die Hechte und Glasaugenbarsche geradezu ins Boot sprangen. Es lebten Eskimos dort, oder jedenfalls in der Nähe. Und die letzten vier Stunden fuhr man auf Schotterstraßen.

Ihr lag nichts an Hechten, und an Barschen auch nicht, doch es war ihr Urlaub, für längere Zeit die letzte Chance, zusammenzusein. Also lächelte sie ihr stilles Lächeln und packte ihre Tasche. Sie übernachteten in Montreal, am nächsten Tag fuhren sie den Rest der Strecke. Als sie ankamen – flache Hügel, ein paar verstreute, primitive Hütten und der Fluß rauh und hart wie Metall –, war Marty so aufgeregt, daß seine Hände am Lenkrad zitterten. »Ich will angeln«, sagte er zu dem Eskimoführer, der ihnen entgegenkam.

Der Eskimo war ein harter Bursche, Mitte Vierzig, mit einer Narbe, die als weißer Grat von einem Ohr bis zum Adamsapfel verlief. Er trug kniehohe Gummistiefel, Jeans und ein kariertes Holzfällerhemd und sprach nur französisch. Er deutete auf eine nahe Hütte.

»Unsere?« fragte Marty und zeigte dabei zuerst auf Naina, dann auf sich selbst.

Der Eskimo nickte.

Marty blickte zur Sonne empor; sie hockte prall über dem Horizont, gedunsen und mißgebildet.

»Hör mal, Naina«, sagte er, »Liebling, hättest du was dagegen, wenn ... also, ich würde furchtbar gerne noch meine Angel auswerfen, außerdem müssen wir ja für heute auch schon zahlen und so –«

»Sicher«, sagte sie. »Ich packe inzwischen aus. Viel Spaß.« Sie grinste dem Eskimo zu. Der Eskimo grinste zurück.

Im nächsten Augenblick war Marty draußen auf dem Fluß und zog probeweise die Ruder durch, während der Eskimo vorn im Boot stand und ihm einen Vortrag über Technik hielt. Marty versuchte ihm zuzuhören, aber Französisch war nie seine Stärke gewesen. Schon warf der Eskimo einen Blinker über den Bug aus, und sofort biß ein

Fisch an, der fast die Rute abbrach. Marty legte sich in die Riemen, und der Eskimo, der mit dem Fisch kämpfte, sagte etwas über die Schulter. Diesmal allerdings war das Gesicht des Eskimos verzerrt vor Erregung, und was er sagte, kam in einem wütenden Schwall, als würde er fluchen. Stärker rudern? dachte Marty. Hat er das gesagt?

Er legte sich noch mehr ins Zeug, den Blick auf die Angelschnur und auf die Explosion weiter hinten gerichtet, wo der Fisch – es war ein Glasaugenbarsch – durch die Oberfläche des Wassers brach. Doch jetzt brüllte der Eskimo auf ihn ein, ohne Pause, hart und kehlig, und dabei sah er verzweifelt von Marty auf die durchgebogene Rute und wieder zurück. Marty blickte sich um. Der Fluß donnerte so laut wie ein Güterzug. »Was?« schrie er. »Was ist los?« Und dann schleuderte der Eskimo auf einmal mit wilder Miene die Angelrute weit von sich, stieß Marty beiseite und griff in Panik nach den Rudern. Jetzt sah Marty ihn auch, den Abgrund, der sich gähnend vor ihnen auftat, das Tosen und Rauschen des Wassers, die Gischt im Gesicht, das heransausende Ufer. Der Eskimo versuchte mit beiden Händen die Büsche zu fassen, die an ihnen vorbeischossen. Keine drei Meter vor dem Abgrund konnte er sich an einem tiefhängenden Ast festhalten, das Boot tat einen Ruck, und plötzlich war Marty im Wasser.

Aber was das für Wasser war! Der Schock preßte ihm die Luft aus den Lungen, und er ging sofort unter. Er kämpfte sich gerade wieder hoch, da wurde er den Wasserfall hinabgerissen wie ein Stück Dreck, krachte unten gegen die Steine und wurde mit dem Treibgut an Land geschwemmt. Er hatte Glück. Nichts gebrochen. Der Eskimoführer, der vor sich hin knurrte und ihm mordgierige Blicke zuwarf, vernähte ihm mit der Angelschnur die Rißwunde am Daumen, während Marty die Zähne zusammenbiß und ein Glas Whisky kippte wie der verwundete Sheriff in einem alten Western. Erst zwei Stunden später hörte er zu zittern auf.

An jenem Abend hörten sie im Bett das Geheul von Wölfen, ein Geräusch, das die Dunkelheit aufschlitzte wie ein Skalpell. »Es war ein Verständigungsproblem«, behauptete Marty hartnäckig, »sonst nichts.« Naina preßte die Lippen auf seine blauen Flecken, massierte seinen Rücken, pflegte ihn mit einer traurigen, zärtlichen, unermüdlichen Anmut.

Bei Morgengrauen wachte er auf, und alles tat ihm weh. Sie lag steif neben ihm, die Augen weit geöffnet. »Werde ich dir fehlen?« fragte sie.

Am Anfang hatte er ihr täglich geschrieben – meistens Postkarten –, aus Des Moines, aus Albuquerque, vom Grand Canyon. Aber dann kam er nach San Francisco, fand einen Job als Barkeeper und trieb allmählich in ein neues Leben. Eine Zeitlang wohnten er und Terry bei einem Mädchen, das Terry noch vom letztenmal kannte, dann fanden sie ein Zimmer für sechzig Dollar die Woche in einem Mietshaus nicht weit vom Geary Boulevard, aber Terry wurde einmal nachts überfallen, deshalb zogen die beiden bei einer Kellnerin ein, die Marty in seiner Cocktailbar kennengelernt hatte. Alles war sehr locker. Er hörte auf zu schreiben. Und als der September kam, schrieb er auch nicht an den Leiter seiner Schule.

Es war Mitte Dezember, als er zurückkam.

Der Camaro hatte kurz hinter Chicago den Geist aufgegeben – Ventilschaden –, und die Reparatur fraß sein restliches Geld auf. Drei Nächte lang schlief er auf dem Busbahnhof, während ein Pakistani mit irren schwarzen Augen an dem Motor schuftete. Und hätte er nicht einen Tramper gefunden, der sich die Benzinkosten mit ihm teilte, wäre er noch immer dort. Als er schließlich in Yorktown eintrudelte und am Randstein vor Nainas Wohnung zum Stehen kam, war der Tank leer. Lange Zeit stand er auf der Straße und sah zu ihrem Fenster hinauf. Es war eine freudlose Heimfahrt gewesen, und er hatte den ganzen Weg über an sie gedacht – an ihren Mund, ihre Augen, das lange, schmale Wunder ihres Körpers, besonders an ihren Körper –, und er hatte ihr zweimal eine Postkarte schreiben wollen. Beide Male hatte er es sich anders überlegt. Lieber persönlich wieder in Erscheinung treten, versuchen, es zu erklären. Doch jetzt, da er da war, vor ihrer Wohnung, verließ ihn der Mut.

Eine Viertelstunde stand er in der Kälte, dann ging er die Auffahrt hinauf. Die Eingangsstufen waren vereist, er trat daneben und flog mit einem Krachen gegen die Tür, das den Rahmen erschütterte. Er drückte die Klingel und horchte auf die Geräusche in seiner Brust. Eine Fremde öffnete die Tür, eine dicke, etwa dreißigjährige Frau mit breitem Gesicht und einem Baby auf dem Arm. Nein, Naina wohne nicht mehr hier. Sie sei im September ausgezogen. Nein, wohin, das wisse sie nicht.

Er setzte sich ins Auto und versuchte, sich zu sammeln. Bei ihrer Mutter, dachte er, sie wird bei ihrer Mutter sein. Er klopfte seine Taschen ab und zählte das Geld. Zwei Dollar siebenundsechzig. Ein Dollar zum Tanken, eine Schachtel Zigaretten und zwei Telefongespräche.

Als erstes rief er seinen Vermieter an. Mr. Weiner hob selbst ab, atmete keuchend wegen seines Emphysems. Es tue ihm wirklich leid, meinte Mr. Weiner, aber als keine Nachricht mehr von ihm gekommen sei, habe er keine andere Wahl gehabt, als den Bungalow weiterzuvermieten. Seine Sachen seien im Keller – und wenn er sie nicht noch diese Woche abhole, dann würden sie auf den Müll wandern, war das klar?

Der zweite Anruf galt seiner Mutter. Sie klang überrascht, von ihm zu hören – überrascht und abwehrend. Aber wußte er denn noch gar nicht? Ja, sie habe wieder geheiratet. Und nein, sie glaube nicht, daß Roger es gerne sähe, wenn er bei ihr übernachte. Das sei ja nun jammerschade wegen seiner Lehrerstelle, allerdings habe er schon immer so unverantwortlich gehandelt. Sie punktierte jeden Satz mit einem Seufzer, als wäre schon das Sprechen mit ihm die reinste Tortur. Also gut, seufzte sie schließlich, sie werde ihm hundert Dollar leihen, bis er wieder auf die Beine komme.

Es dämmerte bereits, als er vor dem Haus in Cold Spring anhielt. Diesmal zögerte er nicht – er fühlte sich zu elend dafür. Bring's hinter dich, sagte er sich, so oder so.

Nainas Mutter machte ihm auf, blinzelte kurzsichtig in das kalte Zwielicht. Er roch Kohl, Katzen und Essig, spürte die Wärme zu ihm herauswehen. »Marty?« fragte sie.

Er hatte sich das Haar lang wachsen lassen, und aus dem gestutzten Schnauzer war ein mehr oder minder dichter Vollbart geworden. Seine Jeansjacke war verwaschen und hatte einen Riß an der Schulter, wo er eines Nachmittags im Golden Gate Park der Länge nach hingefallen war, als er den Himmel angelacht hatte und das Meskalin durch sein Hirn geprickelt war. Er trug einen Ohrring wie Terry. Es erstaunte ihn, daß sie ihn erkannte, und irgendwie empfand er deshalb Kummer – Kummer und Schuldgefühle. »Ja«, sagte er.

Umarmt wurde er nicht. Sie ließ ihn auch nicht eintreten. Sie stand nur einfach da, ihre Stützstrümpfe warfen dicke Falten um die Knöchel.

»Ich, äh ... ich bin auf der Suche nach Naina«, sagte er, und dann, in dem Versuch zu lächeln: »Ich bin wieder da.«

Das Gesicht der alten Frau war hart, ernst, mit Falten und Tränensäcken gezeichnet. Sie antwortete nicht. Aber sie musterte ihn auf ihre listige Art, rechnete die Veränderungen zusammen, traf eine Entscheidung. »Also gut«, sagte sie schließlich, »komm rein«, und hielt ihm die Tür auf.

Drinnen war es so wie das letzte Mal, nichts war verändert, bis auf ein kaum merkliches Anschwellen der Zeitschriftenstapel in den Ecken. Sie bedeutete ihm, auf dem windschiefen Sofa Platz zu nehmen, und setzte sich ihm gegenüber in einen Sessel. Eine Katze sprang ihm auf den Schoß. Es war so still, daß er das Ticken der Küchenuhr hören konnte. »Also, ist sie«, er zögerte, »wohnt sie jetzt hier? – Ich bin als erstes nach Yorktown gefahren ...«

Mama Vyshensky schüttelte langsam den Kopf. »Uni«, sagte sie. Sie hob die massigen Schultern und sah beiseite, beschäftigte sich intensiv mit der Plazierung des Häkeldeckchens auf der Sessellehne. »Wie sie nichts mehr gehört hat von dir, ist sie wieder auf die Uni. Ihr Diplom machen.«

Er wußte nicht, was er sagen sollte. Sie klagte ihn an, das

81

war klar. Und er hatte nichts zu seiner Verteidigung vor-
zubringen. »Es tut mir leid«, sagte er. Er stand auf.

Die alte Frau studierte ihn aufmerksam, das Kinn in
eine Hand gestützt, die Augen zusammengekniffen. »Dein
Haus«, sagte sie, »der Bungalow. Wo wirst du heute nacht
schlafen?«

Er antwortete nicht. Er würde im Auto übernachten,
in einem Haufen zerknüllter Zeitungen und leerer Schnell-
imbiß-Pappschachteln, den verdreckten Schlafsack über
den Kopf gezogen.

»Ich habe ein Klappbett«, sagte sie. »Im Schrank.«

»Eigentlich wollte ich zu meiner Mutter gehen . . .«, setzte er an. Er konnte seinen rechten Fuß nicht still halten,
der Absatz tappte nervös gegen die abgetretenen Dielenbretter.

»Hinsetzen«, sagte sie.

Er tat, wie ihm befohlen wurde. Sie brachte ihm eine
Tasse heißen Tee, eine Portion Kohlsuppe mit Schinken
und einen Teller mit kalten Piroggen. »Wegen Naina«, begann er. »Ich –«

Sie winkte ab. »Sag nichts«, meinte sie. »Nicht mir sollst
du das sagen.«

Er stellte die Tasse ab und sah sie an – sah sie zum erstenmal wirklich an.

»Übermorgen«, sagte sie, »ist Sonnenwende, der kürze-
ste Tag im Jahr. Du kommst zum Pier am Fluß.« Sie sah
ihm in die Augen, und er dachte an den Tag, an dem sie
ihm ihre schäbige Bude offeriert hatte, als spräche sie
vom Hyde Park. »Selbe Zeit wie letztes Jahr«, sagte sie.

Es war ein rauher, kalter Tag, der Wind blies in Böen über den Fluß. Eine tote Schneekruste lag verbraucht und verfärbt auf dem Boden, die Erde schien in Streifen wie Wundmale hindurch. Marty war früh da. Er fuhr auf den Parkplatz und parkte den Camaro hinter einem Cadillac von der Größe eines Festwagens beim Karnevalsumzug. Er wollte nicht, daß sie ihn gleich bemerkte. Er ließ den Motor laufen, die Heizung auf vollen Touren, und rauchte eine Zigarette. Eine Zeitlang hörte er Radio, aber das war irgendwie nicht das richtige, deshalb schaltete er es ab.

Allmählich füllte sich der Parkplatz. Einige der Autos erkannte er vom letzten Jahr, und er sah zu, wie die weißhaarigen Masochisten über die Bodenwellen manövrierten, als steuerten sie einen Jumbo-Jet auf die Landebahn hinunter. Mama Vyshensky war spät dran, wie üblich, und niemand rührte sich, bis ihr verbeulter Pontiac um die Ecke bog und auf den Platz schlitterte. Erst dann gingen alle Türen auf, und nackte Füße tappten durch den Schnee.

Trotzdem wartete er noch. Die Fahrertür des Pontiac ging auf, dann die Beifahrertür, und er spürte etwas in sich aufsteigen, eine metallische Mischung aus Hoffnung und Verzweiflung, die ihm tief in der Kehle steckte. Und dann stieg Naina aus dem Wagen. Er sah nur ihren Rücken, ihre langen, nackten Beine, das Aufblitzen ihrer blutroten Zehennägel auf dem schmutzigen Schnee. Er beobachtete, wie sie den Kopf zurückwarf, das Haar zu einem festen Knoten band und unter die Badekappe schob. Er hatte die letzten beiden Nächte im Auto geschlafen, wie ein Penner hatte er vor Pappbechern mit Kaffee bei McDonald's gehockt. Er sah sie und fühlte sich schwach.

Die Menge begann sich um Mama Vyshensky zu scha-
ren, uralte Leute mit spindeldürren Beinen, ihre Bademän-
tel wie Leichentücher. Er erkannte den Alten mit den roten Ohren, jetzt tief gebückt und auf einen Stock gestützt.
Und eine Frau, die er schon letztes Jahr gesehen hatte,
stampfte in einem Einteiler mit Ballerinaröckchen um
die Hüften umher. Sie tranken Wodka und riefen einen
Trinkspruch. Dann noch einen, und schon flogen die Gläser. Naina stand schweigend zwischen ihnen.

Er wartete, bis sie zum Pier hinuntergingen, erst dann
stieg er lautlos und mit klopfendem Herzen aus. Als die
ersten am Pier ankamen, Naina und ihre Mutter an der
Spitze der Gruppe, überholte er bereits die Nachzügler.
»Handtuch dabei?« rief ihm eine alte Frau zu, eine andere kicherte. Er starrte sie nur ausdruckslos an, hastete
jetzt voran, den Blick auf Naina geheftet.

Als er auf den Pier hinaustrat, stand Naina schon am
äußersten Ende. Sie ließ den Bademantel zu Boden fallen.
Dann drehte sie sich um und erkannte ihn. Sie erkannte ihn – er konnte es in ihrem Blick lesen –, obwohl sie
sich abwandte, als habe sie ihn nicht gesehen. Er versuchte, zu ihr zu gelangen, zwängte sich an zwei vollbusigen
Frauen und einem munteren Greis mit weißem Spitzbart
vorbei, aber der Pier war zu voll. Und dann hörte er das erste Klatschen. Naina drehte sich wieder zu ihm um, und
das sanfte Lächeln schien über ihre Lippen zu huschen.
Sie sah ihm jetzt in die Augen, fixierte ihn über die wo-
gende Masse aus wabbeligem Fleisch, aus haarigen Kör-
pern und zahnlosen Mündern hinweg. Dann wandte sie
sich ab und sprang.

Also gut, dachte er mit fliegendem Puls, also gut. Und

dann hatte er einen Stiefel in der Hand und hüpfte auf einem Bein. Dann den anderen Stiefel. Platschen und Getöse rings um ihn, das Wasser spritzte, der Wind pfiff über den Pier. Er riß sich die Jacke herunter, Pullover, T-Shirt, streifte die verwaschenen Jeans ab und stand in der Unterhose da, suchte das schwarze, schwappende Wasser ab. Da war sie, ihr Kopf bewegte sich sanft auf und nieder, die Arme hoben sich in mühelosen Zügen vor ihrer Brust. Er zögerte keinen Moment. Seine Füße trommelten gegen die rohen Planken des Piers, der Wind fing sich in seinem Haar, und schon sprang er hoch, hinaus über das brodelnde Wasser, hing für den kürzesten, verrücktesten, klarsten Augenblick seines Lebens in der Schwebe, und dann war er drin.

Komisch. Es war warm wie in der Badewanne.

Bärbel Reetz
Weihnachten geschlossen

Unruhige Nacht. Schwere Träume. Sie weigerte sich auf-
zuwachen, fürchtete sich vor diesem Tag, dem 24. Dezember. Heiligabend. Sie zog die Bettdecke über den Kopf,
als könne sie sich vor den kommenden Stunden und Tagen in Sicherheit bringen. Aber vor ihren geschlossenen
Augen tanzten die Buchstaben wie kleine Lichtblitze: *Heiligabend bis 16 Uhr geöffnet. Weihnachten bleibt das Studio
geschlossen.* Überall plakatiert: im Eingangsbereich mit
dem langen Rezeptionstisch und den schwarzen Lederso-
fas, im Umkleideraum, an der Handtuchausgabe, in den
Übungsräumen. Sogar auf den Toiletten fand sich, wo
sonst Extra-Kurse angezeigt wurden, der Zettel mit der
schwarzen Computerschrift. Seit Mitte Dezember hing er
da, sprangen ihr die beiden Sätze entgegen, erinnerten
an das vergangene Jahr, den Heiligen Abend, Weihnachten vor 365 Tagen. An Abschied. Warten. Enttäuschung.
Trotziges Verdrängen. Entschlossen schlug sie die Bettdecke zurück, suchte im Dämmerlicht des Zimmers den
Wecker. In einer Stunde öffnet das Studio. Sie würde da-
sein.

Es war einer dieser grau verhangenen Tage, an denen
es nicht hell wurde. Der Himmel hing tief und schnee-
schwer. Über den Straßen schaukelten Lichterketten: Ster-
ne, Kometen mit langem Leuchtschweif. In den Schau-
fenstern Weihnachtsglitzern, Gold und Engelshaar. Santa
Claus hielt seine rote Nase über Handtaschen und Schuhe

mit Stilettos. Künstlicher Schnee lag zu Füßen der Puppen, die sich festlich gekleidet vor Rokoko-Stühlchen und Mahagoni-Kommoden mit Tannengrün und weißen Amaryllis präsentierten: eine gesichtslose Sie im Abendkleid, ein androgyner Er im Smoking. Widerlich, sagte sie laut, ohne sich um die frühen Fußgänger zu kümmern, die ihrer Arbeit zustrebten. Noch ein paar Stunden Parfum-Flakons verkaufen, Schmuck in Samtkästchen bergen, Geschenkpapier und Bänder um letzte Gaben wickeln, Lächeln zu Stollen, Pasteten, Lachs und glitschigen Karpfen: Frohe Weihnachten.

Ihr Kühlschrank war leer. Wie im vergangenen Jahr. Ihre Wohnung ungeschmückt. Wie in jedem Jahr seit sie ihr Dorf verlassen hatte. Wenn du meinst, daß du das Geschäft nicht willst, dann geh, hatte ihr Vater gesagt. Die Mutter bettelte, weinte. Aber sie hatte den Koffer gepackt und war davongefahren, fort vom Gasthof Zur Freiheit, in dessen Stuben im Advent Tannenzweige, Kränze, glänzende Kugeln und eine bunt geschmückte Riesentanne die Herbstdekoration ablösten. Seither erzeugte ihr der Geruch von Gänsebraten Übelkeit, mied sie Lebkuchen und Butterplätzchen.

Vor den Glastüren des Studios blieb sie stehen. Herzklopfen. Erwartung, von der sie wußte, daß sie enttäuscht werden würde. Sie stieß die Tür auf, wandte mit einem Ruck den Kopf zur Rezeption: er war nicht da. Die Frau hinter dem Tresen trug eine Weihnachtsmannmütze, auch der Mann an der Handtuchausgabe, sogar die russischen Putzfrauen, die lautlos mit ihren Feudeln und Tüchern hantierten, hatten diese albernen Mützen aufgesetzt. Keine Kurse in den Übungsräumen. Nur wenige Männer an den Geräten. Keine Frauen. Sie ging aufs Laufband, stellte die Geschwindigkeit ein und begann zu rennen, schnell, schneller.

Auf den Monitoren an der gegenüberliegenden Wand liefen Weihnachtsfilme: Väter, die sich mit dem Aufstellen von Tannenbäumen lächerlich machten, anreisende Großmütter, nörgelnde Teenager, brüllende Kleinkinder, genervte Mütter, die Gänsebraten in Backöfen schoben. Bescherung. Nachrichten. Pilger im Heiligen Land. Gedränge vor der Geburtskirche in Bethlehem. Schüsse in Ramallah.

Sie tippte eine Steigung ein, keuchte auf dem Laufband in die Höhe. So wie im letzten Jahr. Alles wie damals. Die schwitzenden Männer würden irgendwann gegen Mittag das Studio verlassen, nach Hause fahren zu ihren Frauen, Freundinnen, Müttern. Dann wäre sie allein. Nur ihr schneller Atem und die Musik aus den Lautsprechern, die das Training antreiben soll. Allein im Schwimmbad, in der Sauna. Wieder im Trainingsraum. Auf dem Laufband.

Wo feierst du? fragten die Kollegen in der Agentur. Vage Antwort, daß sie noch unentschlossen sei. Und obwohl sie es nicht wissen wollte, erfuhr sie von allen, was geplant war. Am Tag vor Heiligabend wußte sie von Einladungen zum Fleischfondue oder Gänsebraten, von Hüttenferien in Österreich, Last-Minute-Flügen auf die Kanaren – zuvor die Besuche bei der Familie, zu Hause, da, wo sie aufgewachsen waren, zur Schule gegangen, den ersten Freund geküßt, ein Mädchen verführt hatten. Die Eltern erwarten das, sagten die Kollegen und zerbrachen sich den Kopf über Geschenke. Verlegenheitskäufe. Zugleich die Furcht vor dem, was für sie unter dem Tannenbaum liegen würde, worüber Freude zu heucheln wäre. Niemand fiel auf, daß sie nichts beizutragen hatte.

Aber zuletzt, als sie mit Sekt auf die kommenden freien Tage anstießen und Fröhliche Weihnachten sagten, fragte sie, wer in der Stadt bliebe. Niemand. Erst zu Silvester wollten einige zurück sein. Wir sehen uns, sagten sie, machs gut. Und sie hatte gelacht und ein frohes Fest gewünscht, so als wäre alles in Ordnung. Aber das war es nicht, nicht mehr, seit sie die Familie verlassen hatte, den Gasthof Zur Freiheit, der sie unfrei machte.

Irgendwie wird auch dieser Tag vergehen, morgen sind Christmesse und Bescherung vorbei, laufen Filme, spielen Theater und Oper, sind Museen und Ausstellungen geöffnet. Ich werde tun, was ich möchte, dachte sie. Kein Familienstress. Keine Erwartungen, die enttäuscht werden können. Sie lief schneller, mußte sich eingestehen, daß dieses ganze Jahr eine einzige Erwartung gewesen war: die Erwartung, daß er zurückkam. Noch vorhin beim Betreten des Studios hatte sie gehofft, daß er hinter dem Tresen stehen würde. Sinnlose Hoffnung. Bittere Enttäuschung.

Im letzten Jahr war sie am 24. Dezember auch beim Training gewesen und hatte sich vor der Schließung des Studios gefürchtet. Geplant war anderes: Weihnachten im Elternhaus ihres Freundes. Seit fast einem Jahr waren sie damals zusammen, mal bei ihm, mal bei ihr. Er war Anwalt, Junior in einer Kanzlei unweit ihrer Agentur. Alles, so schien es, deutete auf eine längere Beziehung hin. Doch dann, wenige Tage vor Heiligabend, hatte er ihr eröffnet, daß er allein fahren wollte. Noch zu früh für ein Familienweihnachten, hatte er verlegen gesagt, und daß er zu

Hause auch seine alten Freunde treffe. Und alte Freundinnen? Ihre Stimme war schrill. Auch das, antwortete er. Nach Weihnachten hatten sie sich nicht wiedergesehen.

Entschuldigen Sie, hatte der Mann gesagt und sich neben das Laufband gestellt, wir schließen. Da drückte sie die Stop-Taste und ging davon, unsicher auf festem Boden nach langem Lauf. Hastig zog sie sich an, verschwitzt, ohne zu duschen, packte ihre Sachen zusammen. Erst jetzt merkte sie, daß alle fort waren: der Mann an der Handtuchausgabe, die russischen Putzfrauen, die Männer und Frauen vom Empfang mit den lustigen Weihnachtsmannmützen. Als sie das Studio verlassen wollte, wartete der Mann, der sie an die Zeit gemahnt hatte, bereits im Eingangsbereich. Er trug eine schwarze Daunenjacke und eine graue Wollmütze, war bereit zum Gehen. Entschuldigung, stammelte sie verlegen, es tut mir leid. Ich war unaufmerksam.

Sie werden ihre Gründe haben, entgegnete er und wandte sich dem Wachmann zu, der über die Feiertage Dienst hatte.

Es war sehr kalt gewesen. Der eisige Wind, der zwischen den Häusern fegte, Papier und Plastiktüten aufwirbelte, kniff ihr in Nase und Wangen. Sie zog ihre Mütze tief in die Stirn, über die Ohren, schlug den Mantelkragen hoch. Sie würde ein heißes Bad nehmen und danach Schlaftabletten, um diese Heilige Nacht zu überstehen. Darf ich Sie begleiten? fragte der Mann, der sie mit schnellen Schritten eingeholt hatte und der, ohne ihre Antwort abzuwarten, neben ihr ging und ihr kaum merkliches Nicken als Zustimmung nahm. Sie fanden in einen gemeinsamen

Schritt. Er trug ihr die Tasche. Über ihnen klirrte die Weihnachtsbeleuchtung im Wind. Kaum Autos auf der Straße, kaum Menschen auf dem Weg.

Ich wohne im Hotel, sagte er und schlug vor, den Abend gemeinsam zu verbringen. Im Hotel? fragte sie. Anderes habe ich leider nicht zu bieten. Da hatte sie ihn zu sich eingeladen und zugleich gestanden, daß sie außer Rotwein und Schlaftabletten nichts eingekauft habe. Aber vielleicht ist der Supermarkt im Bahnhof noch geöffnet.

Und so hatten sie den Einkaufswagen zwischen den Regalen herumgeschoben, hatten Salat, Orangen, eine Ananas eingepackt, Eier, geräucherten Lachs, spanischen Schinken und italienische Salami, Würstchen und Kartoffelsalat, Käse und Feigensenf, Butter, frisches Baguette. Espresso, sagte sie. Champagner, sagte er. Beladen mit den Plastiktüten, stiegen sie zu ihrer Wohnung hinauf, packten aus. Alles war so selbstverständlich, als hätten sie schon immer miteinander eingekauft, gegessen, getrunken, geschlafen. Am nächsten Morgen verließ er sie, um seine Sachen aus dem Hotel zu holen und zum Flughafen zu fahren. Ich melde mich bei dir, versprach er.

Als er fort war, fiel ihr ein, daß sie weder seinen Nachnamen wußte, noch wohin er geflogen war, wo er lebte. Aber er weiß, wo er mich findet, sprach sie sich Mut zu, hoffte 365 Tage, und ihr Herz zog sich zusammen, als sie die Frau mit der Weihnachtsmannmütze an der Rezeption sah.

Sie stellte die Geschwindigkeit auf dem Laufband höher, auch die Steigung, keuchte, schwitzte. Plötzlich brach die Musik ab. Im Lautsprecher knackte es. 16 Uhr, sagte eine Männerstimme, bitte verlassen Sie das Studio. Sie drückte die Stop-Taste. Stand abrupt. Verwirrt. Seine Stimme? Schwankend nach dem langen Lauf, verließ sie das Gerät, den Trainingsraum. Es war nicht seine Stimme. Es war eine Stimme. Eine Männerstimme. Irgendeine, sagte sie sich und wischte sich den Schweiß ab. Irgendeine. Hastig zog sie sich um, packte ihre Tasche und durchquerte die Halle.

Schöne Feiertage, sagte die Frau am Tresen und nahm ihre Weihnachtsmannmütze ab. Danke, gleichfalls, antwortete sie mechanisch.

Es hatte angefangen zu schneien. Kein Mensch auf der Straße. Nur die beleuchteten Schaufenster mit ihren geschmückten Puppen spielten festliches Leben. Sie stapfte durch den frischen Schnee, wünschte sich ein heißes Bad, Rotwein und Schlaftabletten. Abtauchen in die Nacht und diesen Tag vergessen. Aber als sie in ihre Straße einbog, sah sie – undeutlich im Schneetreiben – den Mann vor ihrer Haustür: schwarze Daunenjacke, graue Wollmütze und Einkaufstüten.

Schöne Bescherung

Doris Dörrie
Zimmer 645

Schwarze Fußspuren hinterlasse ich im jungfräulichen Schnee, und wie ein kleines Kind habe ich das überwältigende Gefühl, der allererste zu sein. Einmal erster sein. Im Augenblick bin ich überall der letzte. Der letzte in meinem Prüfungsergebnis im Steuerrecht, der letzte in der langen Schlange von Verehrern bei der schönen Monika und der letzte bei der Vergabe der Nikolauskostüme. Unter dem Massenandrang der Weihachtseinkäufer habe ich zwei U-Bahnen verpaßt, und das habe ich jetzt davon. Der rote Anzug kratzt und ist etliche Nummern zu groß, alle paar Schritte muß ich mir die Hose hochziehen, der Stoff riecht muffig nach Mottenkugeln, der Bart dafür nach Aftershave der Marke Macho oder Bullfight, die Mütze rutscht mir unangenehm über die Augen. Ich gebe eine reichlich lächerliche Figur ab als Nikolaus. Mißmutig ziehe ich meinen Sack und meine Rute hinter mir her, ich habe keine Lust, kleine Kinder im Auftrag ihrer Eltern zu erschrecken und dann am Ende ein paar armselige Geschenke aus meinem Sack zu ziehen.

Kaum erblicken mich die Leute, als ich in meiner Montur aus dem Hinterhof der Nikolausagentur auf die Straße trete, strahlen sie erwartungsvoll, als wäre in ihren Gesichtern ein Lämpchen angeknipst worden. Mütter zeigen lächelnd mit dem Finger auf mich, alte Frauen nicken mir zu, Geschäftsmänner grinsen wohlwollend, nur die Kinder betrachten mich mißtrauisch unter ihren verrutschten Strickmützen. Im Nikolausworkshop haben wir gelernt, uns immer vor die Kinder hinzuhocken, um sie nicht zu verschrecken, obwohl sich gerade das viele Eltern von uns wünschen. Ein dicker Maurer, der schon seit zwölf Jahren als Nikolaus unterwegs ist, erzählt mir, daß es jedes Jahr schlimmer wird. Immer öfter wird von den Eltern der Wunsch an ihn herangetragen, das Kind doch einmal so richtig zu verprügeln.

Eltern gibt es, sagt er und schnauft empört, Eltern gibt es, die gibt's gar nicht.

Meine erste Station ist Schwabing. Überteuerte Altbauwohnung, die Eltern in Pradaschuhen, die Mutter hat anthroposophische Zupfengel um den Adventskranz im Flur aufgehängt, und die Geschenke, die sie vorsichtig in meinen Sack befördert, sind in mattes Ökopapier eingewikkelt. Die Kinder heißen Josephine und Emanuel, so steht es auf meinem Zettel, und ich soll sie für ihre Selbständigkeit loben und sie sanft ob ihrer Unordentlichkeit tadeln. Geduldig und ein wenig mitleidig hören sich die Kinder meine kleine Rede an, mit unterdrückten Seufzern pakken sie ihre garantiert plastikfreien und pädagogisch wertvollen Spielzeuge aus, der Vater drückt mir an der Haustür jovial fünfzig Mark in die Hand. Hinter ihm sehe ich die kleine Josephine, die mich nachdenklich ansieht und ein wenig müde die Hand zum Gruß hebt.

Nächster Stopp Milbertshofen. Eine türkische Familie, die sich dem Weihnachtsterror gebeugt hat. Ich ziehe brav die Schuhe an der Tür aus, bin selber Türke, aufatmend wechselt die Mutter ein paar Worte mit mir auf Türkisch und verzeiht mir meinen deutschen Akzent, sie weiß selbst nicht so genau, wie die Prozedur eigentlich abläuft, also ermahne ich die beiden Söhne mit Stentorstimme, sie sollen ihre Mutter besser behandeln, die Mutter nickt zustimmend, sie bekommen beide riesige Plastikpumpguns aus meinem Sack, und ich bekomme einen Raki.

Als ich wieder auf der Straße stehe, fängt es an zu schneien. Die Flocken tanzen im gelben Schein der Straßenbeleuchtung.

Ich klingle bei Ritter auf der Schleißheimerstraße, und durch die Sprechanlage fragt mich Frau Ritter, ob ich der bestellte Nikolaus sei und in meiner Kindheit Windpocken gehabt habe. Diese etwas seltsame Frage kann ich genau beantworten, denn auf meiner Nasenwurzel ist eine kleine Windpockennarbe zurückgeblieben. Dann ist gut, sagt Frau Ritter, dritter Stock links. Und erschrecken Sie nicht.

Es öffnet mir eine zierliche Blondine Mitte Fünfzig in einem langen hellblauen Nachthemd. Ihr Gesicht ist übersät von riesigen roten Pusteln. Aus hübschen braunen Augen sieht sie mich verlegen an. Ich sehe aus wie ein Monster, klagt sie und lacht unsicher. Ein bißchen, tröste ich sie.

Im Wohnzimmer schenkt sie mir einen Kaffee ein. Es ist sehr still. Ich sehe mich nach den Kindern um. Nein, sagt sie schnell, keine Kinder. Und mein Mann wohnt im Hotel. Im Holiday Inn. Wegen der Windpocken. Ich will nicht, daß er sich ansteckt. Er hatte sie nicht als Kind. Wir haben viel gemeinsam, müssen Sie wissen.

Sie lächelt ein wenig traurig und zerrt ein großes viereckiges Geschenk aus dem Schrank. Aber heute ist doch Nikolaus, sagt sie, und er ist so allein. In unserer ganzen Ehe waren wir keine Nacht getrennt, müssen Sie wissen.

Ich weiß nicht so recht, ob ich das wissen muß, aber ich stecke das Geschenk in meinen Sack und nehme einen Zettel von ihr entgegen, auf dem steht in Schönschreib-schrift: Ich muß dich wirklich loben für deine Einfühl-samkeit, Sanftheit und Geduld. Du solltest nur öfter den Abfall runtertragen.

Frau Ritter kichert und hält sich schüchtern die Hand vor den Mund. Im nächsten Augenblick weint sie. Jetzt weiß ich, wie es sich anfühlen wird, wenn man alt und allein ist, sagt sie. Sie gibt mir selbstgebackene Plätzchen und macht, während ich sie noch esse, den Fernseher an.

Mit meinem Sack auf dem Rücken trotte ich die Leo-poldstraße entlang zum Holiday Inn. Schneematsch spritzt von den vorbeifahrenden Autos auf mein rotes Nikolaus-kostüm. Im Gehen schiebe ich den Bart unters Kinn. Von dem Geruch, dem Raki, Kaffee und den Plätzchen ist mir ein wenig übel.

Nicht anmelden, sage ich zu der jungen hübschen Frau an der Rezeption. Ich beschließe, sie anschließend nach ihrer Telefonnummer zu fragen.

Zimmer 645, sagt sie lächelnd, na, das wird ja eine Über-raschung.

Es dauert, bis mir geöffnet wird. Herr Ritter ist in der Unterhose. Hinter ihm sehe ich ein Stück nacktes Frauen-fleisch. Dann wird die Dusche aufgedreht. Ich schiebe ihm das Geschenk durch den Türschlitz. Sage ihm auf, was ich von Frau Ritters Zettel auswendig gelernt habe: Ich muß dich loben für deine Einfühlsamkeit, Sanftheit und Geduld. Du solltest nur . . . Er schlägt mir die Tür vor der Nase zu.

Das war meine letzte Nikolaustat für heute. Im Fahrstuhl nehme ich mir den Bart ab, knöpfe die blöde kratzende Jacke auf. In der Lobby lachen ein paar betrunkene Vertreter über mich. Wie betäubt stehe ich in dem hellen Licht. Im Schaufenster der Hotelparfümerie steht ein großer Schokoladennikolaus mit einer goldenen Bürste in der Hand. Für sie, steht auf einem handgeschriebenen Schild darunter. Er kostet 38 Mark inklusive Bürste. Ich knöpfe mir die Jacke zu, schleppe den Sack die Leopoldstraße zurück zur Schleißheimerstraße.

Ja? sagt Frau Ritter zögerlich in die Gegensprechanlage.

Ich bin's noch mal, der Nikolaus.

Ach so, sagt sie und läßt den Türöffner schnarren.

Sie hat sich weißes Zeug auf die Pusteln getupft. Ängstlich nach vorn gebeugt, sitzt sie im Sessel. Ich muß dich loben für deine Langmut, deine Geduld und Sanftheit, sage ich. Zu tadeln finde ich nichts. Überhaupt nichts.

Sie strahlt. Mein Mann und ich sind uns sehr ähnlich, sagt sie und bürstet sich mit der goldenen Bürste versuchsweise die blonden Locken. Man muß nur ab und zu ein bißchen streng mit ihm sein.

Ja, sage ich, das glaube ich auch. Und schöne Weihnachten noch. Sie nickt glücklich.

Auf der Straße schließe ich die Augen und halte mein Gesicht in den Schnee. Die Schneeflocken landen auf meinen Augenlidern, als wären sie allein schon immer ihr Ziel gewesen. Ich habe vergessen, die junge schöne Frau an der Rezeption nach ihrer Telefonnummer zu fragen. Vielleicht stapfe ich noch einmal durch den Schnee zu ihr zurück. Vielleicht.

Alexander Osang
Stille Nächte

Lothar Bednarz schloss die Kellertür auf und hob die Klinke ein bisschen an. So ging es am besten. Es roch nach Kohlen und Nässe, ein vertrauter Geruch. Bednarz hielt mit dem rechten Ellenbogen die Stahltür auf und tastete mit der linken Hand am kühlen Putz nach dem Lichtschalter. Die erste und die zweite Kellerlampe gingen an. Bednarz stieg langsam die Treppe hinab. Als er unten war, ging er nach rechts. Vier, fünf Schritte hinter der zweiten Lampe, dort, wo der matte Lichtschein schon wieder im Kellerdunkel versickerte, befand sich der nächste Schalter. Bednarz hoffte, dass die Lampe funktionierte.

Er hatte Zeiten erlebt, in denen nicht klar war, ob etwas passierte, wenn man einen Schalter bewegte. Die Lampe ging an. Sie war in den letzten neun Jahren immer angegangen. Aber man wusste nie.

Bednarz lief weiter bis zu seinem Keller. An seinem Bund suchte er den kleinen Schlüssel, den er früher manchmal mit dem Briefkastenschlüssel verwechselt hatte. Seit sie die neuen Briefkästen hatten, passierte das nicht mehr, aber Bednarz freute sich trotzdem, dass der Schlüssel in das alte, goldgrün schimmernde Vorhängeschloss passte. Er zog die Tür auf, griff nach dem Kabel, das rechts über einem langen Nagel baumelte, und steckte es ein. Die 40-Watt-Birne an der Decke seines Kellers glomm auf.

Lothar Bednarz warf einen Blick auf die Dinge in seinem Keller.

Er besaß sechs Stapel Briketts, obwohl seine Wohnung seit sieben Jahren über eine Gasheizung verfügte. Gute Braunkohlebriketts, gesichert mit einem dünnen Blechband. Was sollte man damit anfangen? Bednarz kannte inzwischen nicht mal mehr einen Menschen, der einen Ofen besaß. Man warf keine Kohlen weg, und sie in Krisengebiete zu schicken war uneffektiv. Also behielt er sie. Er hatte ja den Keller.

In einem alten Regal standen weitere unnütze Dinge. Verstaubte leere Einweckgläser, die vom Kompott seiner Mutter übrig geblieben waren. Seine Mutter war vor drei Jahren gestorben.

Bednarz hatte kein Fahrrad mehr, aber Flickzeug gab es noch. Und Farbdosen, die sich wahrscheinlich nie mehr öffnen ließen. Wozu auch, Lothar Bednarz hatte nicht vor zu renovieren. Er betrachtete die beiden Pappkartons mit Werkzeug, Schrauben, Nägeln und Sandpapier. Bednarz war nie ein großer Bastler gewesen, Gespräche über Heimwerkerarbeit langweilten ihn.

Neben dem Regal lehnten ein Paar Germina-Holzski mit »Kombi-Bindung«. Man konnte sie von Abfahrt auf Langlauf umstellen, eine ziemlich gefährliche Sache. Vor allem in der Abfahrteinstellung. Andererseits hatte es ja keine hohen Berge gegeben, von denen man mit den Kombi-Ski hinunterfahren konnte, dachte Bednarz. Skistöcke gab es keine mehr, aber neben den Skiern standen ein paar Skischuhe. Ebenfalls Kombi-Schuhe. Es hatte Stunden gedauert, bis man sie zugeschnürt hatte, denn sie besaßen Ösen und Haken auf verschiedenen Laschen-Ebenen. Sie gehörten zu den Kleidungsstücken, auf die man wütend werden konnte. Neben den Schuhen stand eine

Kiste mit Wachs, ein paar alte Winterstiefel seiner Frau und der Weihnachtsbaumständer. Offenbar hatte er den Keller nach Jahreszeiten geordnet.

Bednarz beugte sich zum Weihnachtsbaumständer hinunter.

Als er den staubigen, gusseisernen Hals des Weihnachtsbaumständers berührte, erschien es ihm plötzlich, als sei er erst gestern hier unten gewesen. Als sei er gerade gestern in seinen Keller hinabgestiegen, um den Weihnachtsbaumständer zu holen. Als sei erst gestern Weihnachten gewesen.

Bednarz hob den Ständer an, er war schwerer als er in Erinnerung hatte. Er stellte ihn kurz auf seinem Oberschenkel ab und überlegte, ob er im letzten Jahr irgendwann einmal hier unten gewesen war. Er konnte sich nicht erinnern. Bednarz hatte nicht viel erlebt im letzten Jahr.

Im November war er 42 Jahre alt geworden. Wenn er es recht überlegte, war nicht nur sein letztes Jahr ereignislos verlaufen, sondern auch die zehn Jahre zuvor. Er war verheiratet und kinderlos. Zu Weihnachten stellte er einen Baum auf. Dann kam er hier herunter. Man könnte sein Leben aus der Kellerperspektive beobachten und würde eigentlich nichts verpassen. Er stellte sich vor, ein unsichtbarer Dokumentarfilmer habe sich in seinem Keller verborgen, um ein Porträt von Lothar Bednarz zu machen. Ein Langzeitprojekt über das Leben eines deutschen Stadtbewohners. Ein ziemlich langweiliger Film. »Der Mensch im Hamsterrad« könnte er heißen. Oder »Herr Bednarz wiederholt sich«.

Wer würde sich so was ansehen?

Licht an, Lothar Bednarz erscheint im Türrahmen, wirft

einen kurzen Blick in die Runde, nimmt den Ständer auf, löscht das Licht. Kurzes Dunkel. Licht an. Lothar Bednarz erscheint, stellt den Ständer wieder ab. Längeres Dunkel. Licht an. Ständer raus. Licht aus. Kurzes Dunkel. Licht an. Ständer rein. Licht aus. Das war es im Wesentlichen. Das Leben des Stadtbewohners um die Jahrtausendwende. In die lang anhaltenden Dunkel könnten zur Orientierung Untertitel eingeblendet werden. »In diesem Jahr fiel die Mauer.« Licht an. Lothar Bednarz holt seinen Weihnachtsbaumständer. Licht aus. »Zum ersten Mal gewinnt ein Deutscher die Tour de France.« Licht an. Lothar Bednarz erscheint in Trainingshose. Licht aus. »Lady Diana fällt einem tragischen Autounfall zum Opfer.« Licht an. Unser Stadtmensch trägt das gleiche T-Shirt wie im vorigen Jahr. Licht aus. »Hochwasser sucht den Osten Deutschlands heim.«

Sein Leben wäre eine Art Daumenkino.

Je älter Lothar Bednarz wurde, desto kürzer würde das lange Dunkel zwischen seinen Kellerbesuchen erscheinen. So, als spielte der Dokumentarfilmer gelangweilten Partygästen ein Videoband mit dem Leben von Bednarz vor und drückte beim langen Dunkel immer auf schnel len Vorlauf. Die Garderobe würde sich ein bisschen verändern, der Haaransatz bei jedem Besuch immer weiter nach hinten rutschen, ihm würden Haarbüschel aus Ohren und Nase wachsen wie das Gras in den Zeitrafferaufnahmen von Naturfilmen, er würde immer dicker werden und dann vielleicht immer dünner. Je nachdem, wie es zu Ende ginge, wäre er bei seinem letzten Besuch entweder sehr dick oder sehr dünn. Irgendwann würde das Licht nicht mehr angehen.

Oder der Dokumentarfilmer würde das nächste Lang-zeitprojekt anschließen. Dann würde das Licht angehen, ein ihm unbekannter Mann in einer blauen Latzhose wür-de erscheinen und als Erstes die 40-Watt-Birne auswech-seln. Ein Nachmieter. Oder ein Nachfolger. Vielleicht ein Heimwerker, der Bretter für seine verschiedenen Steck-, Ring-, Maul- und Inbusschlüssel anbringen würde, eine kleine Werkbank mit Schraubstock und einer Ständerbohr-maschine aufstellte. Oder ein Fotograf, der sich hier un-ten ein Labor einrichtete. Jedenfalls jemand, der dem Do-kumentarfilmer ein bisschen mehr zu bieten hätte als der langweilige Lothar Bednarz, der nur am Nachmittag des Heiligen Abend vorbeikam.

Es war albern, aber Bednarz vergewisserte sich kurz, dass hier wirklich kein Platz für einen Dokumentarfilmer war. Auch nicht für einen kleinen. Bednarz nahm sich den-noch vor, beim nächsten Mal nicht in Trainingshose hier unten zu erscheinen. Man musste sich ja nicht so ge-hen lassen. Bednarz hob den Weihnachtsbaumständer an und zog den Stecker seiner 40-Watt-Deckenlampe aus der Dose. Eine Sekunde später löschte eine Zeitschaltung das Licht auf dem Kellerflur. Sie musste neu sein. Aller-dings hatte sich Bednarz auch noch nie so lange hier un-ten aufgehalten wie heute. Er umklammerte den Hals sei-nes Weihnachtsbaumständers und überlegte, ob er nach dem Kabel seiner Deckenlampe tasten sollte oder gleich nach dem ersten Flurschalter, als er ein Geräusch hörte.

Die Kellertür wurde kurz aufgezogen. Einen Moment war Ruhe. Dann kamen mehrere Menschen die Keller-treppe herunter. Es raschelte und klapperte. Jemand fluch-te leise. Die Kellertür fiel zu, die Menge hielt an und flüsterte. Sie orientierte sich. Dann lief sie weiter. Sie kam immer näher. Als sie ganz nah war, machte sie Halt. Bednarz konnte sie atmen und schnaufen hören. Dinge wurden abgestellt, zusammengesteckt und aufgebaut. Es schabte, ächzte, schleifte und klickte. Lothar Bednarz stand ruhig mit seinem Weihnachtsbaumständer im Dunkeln und wartete. Nach einer Weile hörten die Arbeitsgeräusche auf. Zwei, drei Leute tuschelten miteinander. Es klang, als gruppierten sie sich. Manche zogen sich in den Hintergrund zurück, andere postierten sich im Vordergrund. Dann wurde es ganz leise. Und dann hell. Sehr hell. Bednarz schloss die Augen.

Als er sie wieder öffnete, sah er die Silhouette eines Mannes vor weißem, gleißendem Licht. Bednarz blinzelte, nur langsam gewöhnten sich seine Augen an das Scheinwerferlicht.

Der Mann lachte ihn an. Er hatte ein breites weißes Grinsen und ein Mikrophon in der Hand. Er trug einen dunklen dreiteiligen Anzug, eine Fliege und eine rote Weihnachtsmannmütze mit einem flauschigen Pelzrand. Links und rechts von ihm standen zwei großbusige Damen mit sehr kurzen Röcken und goldenen Pappgewei·hen auf dem Kopf. Im Hintergrund konnte Bednarz Männer mit Pferdeschwänzen und bedruckten T-Shirts, die Scheinwerfer, Mikrophone und Kameras hielten, erkennen sowie einen großen silbernen Schlitten, der kaum in den schmalen Kellerflur passte.

»Guten Abend«, sagte Lothar Bednarz.

Aber die Gruppe, die sich vor ihm versammelt hatte, antwortete nicht. Sie verharrte.

»Guten Abend«, sagte Lothar Bednarz nochmal.

»Noch zehn Sekunden, Jo«, sagte jemand aus dem Dunkel.

»Neun. Acht. Sieben.«

Der Mann mit dem Mikrophon überprüfte den Sitz seines Scheitels. Die rechte Dame verlagerte ihr Gewicht von einem auf das andere lange Bein und dann wieder zurück. Ihre großen Brüste wippten.

»Drei. Zwei. Eins.«

Auf einer Kamera leuchtete ein rotes Licht.

»Berlin grüßt Frankfurt!«, rief der Mann mit der Weihnachtsmannmütze fröhlich. »Viele weihnachtliche Grüße von hier zu euch in die Messehalle, Basti. DEUTSCHLAND FEIERT WEIHNACHTEN heißt unsere Sendung. Da darf die Hauptstadt natürlich nicht fehlen. Ich bin mit meinen beiden Rentieren Jenny und Carola in einem typischen Berliner Keller gelandet.« Die Damen mit den Geweihen strahlten. Rentiere also, dachte Bednarz. Rentiere in Röcken.

»Wie überall in Deutschland sind auch in der Hauptstadt tausende Männer damit beschäftigt, alles für ein gemütliches Weihnachtsfest vorzubereiten. Das fängt mit dem Baum an, Basti. Du hast doch sicher schon alles hinter dir, oder?«

Bednarz konnte nicht hören, was der unsichtbare Basti in der Frankfurter Messehalle antwortete, aber offensichtlich war es sehr komisch, denn Jo, der Reporter, strahlte noch mehr als vorher.

»Wir haben uns hier ganz heimlich in einen Keller im Berliner Bezirk Weißensee geschlichen, aus dem der Herr Bettranz gerade seinen Weihnachtsbaumständer holt. Ganz schöne Bescherung, was Herr Bettranz?«

»Guten Abend«, sagte Lothar Bednarz. Er war offensichtlich im Fernsehen. Er war das erste Mal im Leben im Fernsehen und trug Trainingshosen. Hoffentlich war das keine Live-Sendung. Er überlegte, ob er dem Fernsehmann sagen sollte, dass dies hier nicht mehr Weißensee war, sondern bereits Prenzlauer Berg. Außerdem hatte Jo Weißensee auf der falschen Silbe betont. Aber Bednarz wollte nicht auch noch wirken wie ein Besserwisser. Wenn er schon so aussah. In seinen Trainingshosen.

»Guten Abend, Herr Bettranz.«

»Guten Abend«, sagte Lothar Bednarz zum vierten Mal.

»Ich heiße Bednarz. Lothar Bednarz.«

»Oh. Mein Name ist Bond. James Bond«, rief der Reporter mit verstellter Stimme. Die Rentiere strahlten. »So ist er, der Berliner, meine Damen und Herren. Schlagfertig. Selbst, wenn man ihn am Heiligen Abend im Keller überrascht. Mal sehen, was Herr Bettranz so in seinem Keller hat«, rief Jo und drängte sich an Lothar Bednarz vorbei in den Keller. Gefolgt von einem Kameramann, einem Beleuchter, einem Tonassistenten und den beiden Rentieren. Bednarz hörte Gelächter aus seinem Keller. Dann drehten sich alle zu ihm um.

»Basti fragt aus Frankfurt, ob diese Ski dem Sailer-Toni gehören«, fragte der Weihnachtsmann. Die Rentiere kicherten.

»Das sind Kombi-Ski«, sagte Lothar Bednarz. »Sie gehören mir, aber ich habe sie schon lange nicht mehr benutzt.«

Das Fernsehteam sah ihn verdutzt an.

»Wir sind hier schon in Prenzlauer Berg«, sagte Bednarz in die kleine Pause.

»Ach«, sagte der Reporter.

»Ja, es ist aber ziemlich dicht an der Stadtbezirksgrenze. Und wo wir bald die Reform haben, da ist es sowieso nicht so wichtig.« Bednarz spürte, wie er das Tempo verlangsamte. Es war, als würde er den anderen im Weg stehen.

»Die Schlüssel, Jo«, zischte jemand aus dem Dunkel.

»Die Tittenschlüssel.«

»Richtig«, rief Jo. »Der Weihnachtsmann kommt natürlich nicht ohne Geschenke, was Basti?« Der unsichtbare Basti sagte irgendwas, alle strahlten, dann erklärte der Reporter, dass im Dekolleté von einem der beiden Rentiere ein Autoschlüssel versteckt sei.

»Sie müssen sich entscheiden, Herr Bettranz. Jenny oder Carola. Wenn Sie den Autoschlüssel ziehen, können Sie in unserem großen Finale eventuell einen niegelnagelneuen A-Klasse-Mercedes gewinnen. Auf geht's. Sie haben fünf Sekunden. Aaaaab jetzt.«

Lothar Bednarz wurde schwindlig, der Weihnachtsbaumständer war jetzt sehr schwer. Es war Heiligabend. Bednarz dachte an seine Mutter, die diese Sendung sicher gesehen hätte.

»Uuuuund fünf«, rief der Reporter. »Pech, Herr Bettranz.« Die Rentiere guckten traurig und formten mit ihren hübschen Lippen zwei bedauernde O's.

»Aber bei dieser Auswahl an, äh, Lostrommeln, da hätte ich auch Schwierigkeiten gehabt, mich zu entscheiden, was Basti? Herr Bettranz bekommt von uns ein Los der Fernsehlotterie. Vielen Dank, Herr Bettranz. Möchten Sie vielleicht noch jemanden grüßen? Herr Bettranz?!«

»Meine Frau ist ja in der Küche«, sagte Lothar Bednarz.

»Da wo sie hingehört, was?«, rief der Reporter. »Aufre-

gende, heiße Weihnachten hier in der deutschen Hauptstadt. Viele Grüße nach Frankfurt.«

»Und ab dafür«, zischte die Stimme aus dem Dunkel.

»Jetzt nur noch die Final-Konferenz. Wir fahren zum
Brandenburger Tor und dann ist Stille Nacht.«

Die Lichter erloschen. Die Arbeitsgeräusche setzten wieder ein. Lothar Bednarz stand mit seinem Weihnachtsbaumständer im Dunkeln und wartete darauf, dass sie
fertig wurden. Einer nach dem anderen verließ den Keller. Bednarz wagte nicht, den Ständer abzustellen. Seine
Hand schmerzte. Aber er hielt durch. Als der Letzte die
Treppe hochging, fasste Bednarz Mut.

»Hallo«, rief er.

»Was ist denn noch?«, fragte der Mann. Es war die zi-
schende Stimme aus dem Dunkel.

»Warum ich?«, fragte Lothar Bednarz.

»Weil auf Sie Verlass ist«, sagte die Stimme.

Die Kellertür fiel ins Schloss. Bednarz blieb noch einen
Moment im Dunkeln zurück. Dann ging er nach oben.

»Das wird auch Zeit«, sagte Marion Bednarz, als er mit
dem Weihnachtsbaumständer die Wohnung betrat.

»Hast du jemand im Keller getroffen, oder was?«

»Ja«, sagte Lothar Bednarz.

Aber seine Frau hörte es nicht mehr. Sie war in der
Küche verschwunden.

Bednarz ging mit dem Weihnachtsbaumständer ins
Wohnzimmer. Er dachte daran, dass der Weihnachts-
baumstamm bestimmt wieder zu dick für die Öffnung
des Ständers sein würde. Er würde mit einem Küchenmes-
ser auf dem harzigen Holz herumschaben müssen.

Es war jedes Jahr das Gleiche.

Henry Slesar
Der Mann, der Weihnachten liebte

Als Lev Walters die ihn weckende Hand seiner Frau an der Schulter spürte, zweifelte er nicht daran, dass es wegen des Babys war. Mann! dachte er, jetzt käme sein Sohn vielleicht doch noch Weihnachten zur Welt! Seit Wochen schon redeten sie über diese Möglichkeit, wobei sie sich fragten, ob John Alexander Walters wohl sehr viel dagegen hätte, seinen Tag mit einem berühmteren Geburtstagskind zu teilen. (Sie kannten das Geschlecht des Babys, weil Elly eine Fruchtwasseruntersuchung hatte vornehmen lassen. Sie war zweiunddreißig, und es war ihr erstes Kind, warum also ein Risiko eingehen?) Doch als Lev endlich ganz wach war, was diesmal länger als sonst dauerte, weil er bis zwei Uhr morgens Geschenke eingepackt hatte, war ihm klar, dass nicht die Wehen der Grund für den Weckruf waren. Elly hielt das Telefon in der linken Hand. Das hatte immer nur eins zu bedeuten, denn Lev Walters war Polizist. Captain Ab Peterson beantwortete seine erste Frage, noch ehe er sie gestellt hatte. »Nein, Sam ist nicht da. Auf der Interstate hat es einen Unfall gegeben, in den drei Wagen verwickelt sind – zuviel Eierpunsch, nehme ich an. Ich habe hier nur Lutz und den Kleinen, und keiner von beiden hat genug Grips für die Sache.«

»Was für eine Sache?«, fragte Lev.

»Jemand ist spurlos verschwunden, wie weggezaubert«, sagte Ab. »Ein Mann namens Barry Methune. Wohnt in der Holly Road. Letzte Nacht.«

»Du willst mich wohl auf den Arm nehmen«, sagte Lev. »Vor Ablauf von mindestens achtundvierzig Stunden gilt niemand offiziell als vermisst.«

»Dieser Typ ist aus seinem eigenen Bett verschwunden, und seine Frau ist ganz schön hysterisch deswegen. Er hat zwei Kinder – sie haben noch nicht mal ihre Geschenke ausgepackt, und Daddy ist einfach weg … Rede wenigstens mal mit der Frau, okay? Sie wohnt nur zehn Minuten von dir entfernt. Sieh zu, dass du sie beruhigst, bis Sam zurück ist, ja? Tust du das?«

Lev wusste, dass er es tun würde, trotz Ellys verzogenem Mund. Der Stadt Lewisfield standen nur sechs Polizeibeamte zur Verfügung, und Feiertage waren immer ein Problem, sowohl aus logistischer wie auch emotionaler Sicht. Am schlimmsten war Weihnachten. Für das Privileg, am 25. Dezember zu Hause bleiben zu dürfen, hatte Lev zwei Urlaubstage hingegeben, und nun stand er da, zerrte sich die Socken hoch, stolperte in seine Hose und schickte sich an, irgendeiner Hausfrau die Hand zu halten, weil ihr Ehemann Weihnachten wahrscheinlich zu ausgiebig begossen hatte und jetzt nicht mehr wusste, wo er wohnte.

»Bleib nicht so lange weg«, sagte Elly. »Ich möchte das Baby nicht ohne dich kriegen.«

»Ohne mich hättest du's gar nicht zuwege gebracht«, sagte Lev. Er näherte sich ihr, so weit es ging, um sie zu küssen. Lev Walters hatte seine gesamten vierunddreißig Jahre in Lewisfield verbracht und zugesehen, wie sich seine Stadt wie ein Tintenfleck ausgebreitet hatte, um schließlich der Vorort einer benachbarten Großstadt zu werden. Das Wachstum hatte dem Ort Wohlstand gebracht, dem Gemeinwesen aber geschadet. Außerdem waren neue Wohngebiete entstanden, und die Holly Road gehörte dazu – Häuser wie Ausstechförmchen mit briefmarkengroßen Rasenflächen.

Weihnachten hatte der Straße noch eine andere Art von Gleichförmigkeit aufgezwungen. Fast an jeder Tür hingen Kränze, und in fast jedem Fenster leuchteten oder blinkerten Weihnachtsbäume. Aber als Lev mit seinem Kombi in die Auffahrt zum Haus der Methunes einbog, fing auch er an zu blinkern. Hätte es einen Wettbewerb um das am weihnachtlichsten geschmückte Haus in Lewisfield gegeben – die Methunes hätten mit Sicherheit den ersten Preis gewonnen. Auf dem Rasenstück vor dem Haus stand ein Pferdeschlitten in Originalgröße, auf dem ein Weihnachtsmann aus Plastik die Zügel von vier Plastikrentieren hielt. In der Nase des einen glühte ein winziges rotes Lämpchen. Auf der Terrasse stand eine fast lebensgroße Weihnachtskrippe aufgebaut, deren bunte Lichterketten dem Jesuskind ein gelbsüchtiges und den es Anbetenden ein grünes, orangefarbenes oder blaues Aussehen verliehen. Sämtliche Regenrinnen und Fallrohre waren von Lichterketten gesäumt, ebenso die Fenster und die Haustür. Auf dem Rasen standen zwei mit Lichtergirlanden geschmückte Bäume, aber keiner von ihnen konnte es mit dem im Haus aufnehmen, einem stattlichen Zweimeterexemplar, das, mit jedem nur denkbaren Schmuck behängt, aus einem Durcheinander bunt eingewickelter Päckchen emporragte, die noch alle unausgepackt waren.

»Hier mag jemand Weihnachten«, murmelte er, als Mrs. Methune ihn einließ.

»Mein Mann«, sagte die Frau und unterdrückte ein Schluchzen. »Das macht es ja so schrecklich. Dass das ausgerechnet heute passieren konnte!«

»Dass was passieren konnte?«, fragte Lev.

Sie war eine dünne, hübsche Frau mit straff zurückgenommenem Haar und leicht vorstehenden Zähnen, was ihr ein liebenswertes, kaninchenartiges Aussehen gab. Glücklicherweise hatte sie dunkle Augen und einen strengen Mund, obwohl die Ersteren verweint waren und der Letztere zuckte.

»Wir sind erst nach Mitternacht ins Bett gegangen, Barry und ich. Die Kinder gehen normalerweise so gegen neun schlafen, aber sie waren so aufgeregt, dass wir ihnen erlaubten, bis zehn aufzubleiben. Das ließ uns noch ein paar Stunden, um all die Geschenke aufzubauen. Wir waren beide ganz erschöpft, das ist klar, aber Barry war glücklich, so glücklich, wie er es immer zu dieser Zeit des Jahres ist. Er liebt Weihnachten so sehr, dass er bereits am 26. Dezember anfängt, das nächste Weihnachtsfest zu planen, davon bin ich felsenfest überzeugt.«

»Wann sind Sie aufgewacht?«

»Um sieben. Ich hatte den Wecker gestellt, weil ich nicht zu lange schlafen wollte; ich wusste, dass Dodie und Amanda – das sind meine beiden kleinen Töchter – in aller Frühe auf sein und darauf brennen würden, ihre Geschenke auszupacken. Ich war durchaus nicht überrascht, als ich sah, dass mein Mann bereits aufgestanden war. Normalerweise schläft Barry zwar sehr fest, aber das war schließlich der schönste Morgen des ganzen Jahres für ihn ...«

»Ihr Schlafzimmer ist oben?«

»Ja. Ich warf einen Morgenrock über und kam hier runter, und wie ich gedacht hatte, waren die Kinder schon unten, schüttelten ihre Päckchen und versuchten zu erraten, was der Weihnachtsmann ihnen gebracht hatte. Das meine ich übrigens wortwörtlich. Dodie ist fünf, und Amanda ist noch nicht ganz sieben, und sie glauben noch an den Weihnachtsmann, oder zumindest gelingt es ihnen sehr gut, so zu tun als ob ... Daran hatte Barry so viel gelegen ... dass sie *glauben*.« Sie schluckte einen schluchzenden Laut hinunter. »O mein Gott, ich spreche von ihm in der Vergangenheit! Sagen Sie mir, dass ich das nicht muss – bitte!«

»Sie müssen das nicht«, sagte Lev mit überzeugender Festigkeit. »Es gibt für das Verschwinden Ihres Mannes Dutzende von möglichen Erklärungen, Mrs. Methune, und die Chancen, dass er innerhalb der nächsten paar Stunden durch diese Tür hereinspaziert kommt, stehen phantastisch.«

»Ich habe versucht, wenigstens *eine* Erklärung zu finden«, sagte sie. »Nur eine einzige, an die ich mich klammern kann. Aber es will mir einfach keine einfallen!«

»Schön, dann will ich es mal versuchen. Er ist aufgewacht, und plötzlich fiel ihm ein, dass er eins der Geschenke im Büro gelassen hatte. Da dachte er, er könnte sich schnell ins Auto setzen –«

»Nein«, sagte die Frau scharf. »Das hat er nicht getan. Wir haben zwei Autos, seinen Ford und meinen kleinen Mazda. Sie stehen beide in der Garage. Zu Fuß ist er auch nicht ins Büro gegangen, es liegt in der Stadt, in Dayton. Er leitet eine kleine Firma für Ärztebedarf. Er besitzt zwar ein Motorrad, aber das ist auch hier.«

»Er könnte ein Taxi gerufen haben. Das ist doch nicht unmöglich, oder?«

»Mitten in der Nacht? Warum sollte er das tun?«

Lev wusste es auch nicht. Aber er fuhr fort, Vermutungen anzustellen.

»Vielleicht hat ihn jemand abgeholt. Wenn nun ein Auto vorgefahren wäre, ohne dass Sie es gehört hätten, so müde, wie Sie waren, in tiefem Schlaf?«

»Das ist ja noch schlimmer. Von einem Auto abgeholt! Wer saß am Steuer? Wohin sind sie gefahren?« Er wollte gerade antworten, aber sie ließ ihn nicht zu Wort kommen. »Sie denken an eine andere Frau, nicht wahr? Sie denken, dass er sich ausgerechnet Heiligabend ausgesucht hat, um mit einer anderen Frau durchzubrennen! Großer Gott, wie können Sie so was sagen!«

Lev machte sie nicht darauf aufmerksam, dass er es gar nicht gesagt hatte, schon deswegen nicht, weil ihm der Gedanke durch den Kopf gegangen war.

»Na gut«, sagte er. »Hören wir auf, Vermutungen anzustellen, und halten wir uns an die Tatsachen. Seine Sachen zum Beispiel.«

»Die sind alle hier«, sagte Mrs. Methune. »Jedenfalls kommt es mir so vor. Ich führe keine Bestandsliste von Barrys Sachen, und er nicht von meinen. Aber ich weiß, dass er fünf Anzüge hat, die alle noch im Schrank sind. Er besitzt drei Koffer, und die sind auch noch, wo sie immer waren. Würde er durchbrennen, ohne zumindest seine Zahnbürste einzustecken? Die ist auch da.«

Lev räusperte sich, denn er wollte ganz sichergehen, dass sie ihn richtig verstand.

»Ich habe eine Reihe solcher Fälle bearbeitet, Mrs. Methune. Ehemänner, die so was vorhaben, können ganz schön raffiniert sein. Da war ein Typ, der gab alle seine Sachen über einen Zeitraum von mehreren Monaten in die Reinigung und ließ sie sich dann an eine neue Adresse liefern. Ehe seine Frau spitzkriegte, was da ablief, war praktisch sein ganzes Zeug aus dem Haus.«

»Aber ich habe Ihnen doch gerade gesagt ...«

»Ja, ja, ich weiß. Seine Sachen sind alle hier. Aber einige Männer sind bereit, sich eine komplett neue Garderobe zuzulegen, wenn sie ein neues Leben beginnen ...«

Er fühlte sich hundsmiserabel, kaum dass der Satz raus war.

»Vielleicht wollte Barry mich wirklich verlassen«, sagte die Frau, und ihr Blick umflorte sich. »Ich weiß es nicht. Er hat es sich jedenfalls nie anmerken lassen. Aber seine Kinder? Seine geliebten kleinen Mädchen? Und ausgerechnet Weihnachten, an dem schönsten Tag ihres Lebens?« Sie schüttelte so heftig den Kopf, dass sie das Gummiband abschüttelte, mit dem sie ihr Haar zurückgehalten hatte. Es kam frei und fiel in einem sanften braunen Durcheinander um ihr Gesicht. Jetzt sah sie noch jünger und hübscher aus, und Lev durchschauerte plötzlich ein Zweifel, der ausgesprochen unheimlich war. Wo war Barry Methune? Welches Weihnachtsgespenst hatte ihn von so einer Familie weggezaubert?

Es wurde drei Uhr nachmittags, ehe Lev die Gegend verließ, und ihm fiel plötzlich schwer auf die Seele, dass er noch nicht einmal Elly angerufen hatte, um zu hören, was ihre Wehen machten. Er überschritt auf dem Rückweg die Geschwindigkeitsbegrenzung und vertraute darauf, dass seine Dienstmarke ihn rausreißen würde. Glück-

116

licherweise wurde er nicht angehalten. Noch glücklicher war der Umstand, dass Elly gar nicht zu Hause gewesen war, sondern beim Friseur. Sie entschuldigte sich bei *ihm*. Lev verzieh ihr großmütig.

Als er ihr von dem Fall Methune erzählte, identifizierte sie sich sofort mit dem Opfer, wie sie das immer tat.

»Wenn du jemals so was mit mir machst, Bulle, dann kratze ich dir die Augen aus.«

»Aber wir wissen ja gar nicht, was Methune gemacht hat. Seine Frau weiß es nicht und seine Nachbarn auch nicht.«

»Du hast mit ihnen gesprochen?«

»Ich habe die halbe Straße befragt. Niemand hat Methune das Haus verlassen sehen, niemand hat mitten in der Nacht ein Fahrzeug gehört. Ich hab sogar mit seinen Kindern geredet, zwei kleine Mädchen mit Gesichtern wie die liebe Sonne. Wenn du mir so eins machtest, hätte ich nicht das Geringste dagegen.«

»Du kriegst einen Jungen, hast du das vergessen?«

»Das sagst du schon die ganze Zeit, bloß wann?«

Ellys Antwort klang wehmütig. »Nicht zu Weihnachten, so wie es aussieht ... Sag noch mal, wie war das? Der Mann ist nicht jedes Weihnachtsfest zu Hause?«

»Ja, so hat es mir seine Frau erzählt. Er beschäftigt nur einen einzigen Vertreter in dieser Firma für Ärztebedarf, die er da hat, und wenn Feiertage sind, dann machen sie abwechselnd Dienst. Aber er entschädigt sich für die verpassten Festtage, indem er sich jedes zweite Jahr wahnsinnig ins Zeug legt. Er gibt ein Vermögen für Weihnachtsdekorationen aus, bringt Tage damit zu, alles herzurichten. Er kauft tonnenweise Geschenke und packt jedes

117

Geschenk selbst ein. Er leiht sich nicht einfach nur ein Weihnachtsmannkostüm, er hat sich eins machen lassen. Er schickt Weihnachtskarten an alle Leute, die er nur irgendwie kennt, und auch an ein paar, die er kaum kennt ... Es ist der glücklichste Tag seines Lebens, und er ist nicht da, um ihn zu erleben.«

Um sechs klingelte das Telefon. Elly nahm den Hörer in der Küche ab, wo sie gerade einen Lammbraten zubereitete. Sie kam heraus, bedachte ihren Mann mit einem gespielt argwöhnischen Blick und fragte: »Und wer, bitte schön, ist Pola Methune?«

»Heißt sie so mit Vornamen?«, sagte Lev. »Ich hab sie nie danach gefragt.«

Er nahm das Telefon und hoffte zu hören, dass Polas herumschweifender Gatte zurückgekehrt und wieder Weihnachten in das Heim der Methunes eingezogen sei. Aber ihre ersten Worte waren in ein Schluchzen gehüllt, und Lev wusste, dass sein Festessen würde warten müssen.

Auf der Fahrt zurück zum Haus der Methunes grollte er vor sich hin. Er hätte Pola nie seine Privatnummer geben, sondern sie ans Präsidium verweisen sollen, da hätte sich dann Sam Reddy mit dem Problem befassen können. Er fühlte sich als Opfer seiner eigenen Gefühlsduselei. Wenn das dabei herauskam, wenn man »Familienvater« war, dann wusste er nicht so recht, ob er Gefallen daran fand.

Es wurde bereits dunkel, als er die Holly Road erreichte. Er spürte, dass die Lichter, die die Häuser schmückten, auch etwas Wehmütiges an sich hatten. Morgen würden sie erloschen sein, Weihnachten war fast vorüber. Barry Methune würde nun 364 Tage warten müssen, ehe er seiner Weihnachtsfreude Ausdruck verleihen konnte. Aber würde er ihr jemals wieder Ausdruck verleihen?

Pola begrüßte ihn hohläugig und mit gedämpfter Stimme. Dodie und Amanda jedoch setzten dazu einen Kontrapunkt. Kreischend vor Lachen wälzten sie sich auf dem Wohnzimmerteppich in einem Wust von Schachteln und Geschenkpapier. Offensichtlich hatte Pola beschlossen, ihnen ihre Geschenke nicht länger vorzuenthalten, auch wenn ihre eigenen ungeöffnet blieben.

»Ich weiß, was Sie mir erklärt haben«, sagte sie. »Dass es Vorschriften gibt, ab wann jemand als vermisst gilt, dass man warten muss … Aber gibt's denn gar nichts, was Sie tun könnten?«

»Ich habe bereits einiges getan«, sagte Lev. »Ich habe, nachdem ich Sie heute Morgen verlassen hatte, die Leute in der Nachbarschaft befragt. Außerdem habe ich die Unfallberichte überprüft, die Krankenhäuser am Ort, das Leichenschauhaus. Mit negativem Ergebnis, was Sie sicher freuen wird zu hören. Aber haben Sie denn getan, worum ich Sie gebeten habe?«

Wenn möglich, sah sie jetzt noch unglücklicher aus. »Ja«, sagte sie. »Ich habe Barrys Papiere durchgesehen. Ich habe sogar alle seine Taschen durchsucht. Es war mir ganz schrecklich. Es hatte so was … Misstrauisches.«

»Haben Sie irgendetwas gefunden?«

»Nein. Wenigstens nichts, was mir etwas gesagt hätte.«

»Wären Sie bereit, mich auch einmal schauen zu lassen?«

»Von mir aus … Ich habe alles in eine Schachtel getan. Zusammen mit seinem Adressbuch. Abgesehen von einigen geschäftlichen Nummern ist es genauso wie meins.«

»Erlauben Sie mir trotzdem, dass ich es mir ansehe«,

119

sagte Lev. »Und wenn Sie Fotos von Ihrem Mann haben, die auch.«

Sie drehte sich um und ging die Treppe hinauf – mit den schleppenden Schritten einer um zwanzig Jahre älteren Frau.

Während er wartete, beobachtete er die beiden kleinen Mädchen. Sie waren inzwischen mit sich selbst und ihrer eigenen Weihnachtsbeute beschäftigt. Die ältere – Amanda? – schien mit einem Spielzeug nicht zurechtzukommen und fand, dass er ein leidlicher Vaterersatz sei. Sie brachte es ihm und drückte es ihm in die Hand.

»Wie spielt man damit?«, fragte sie. »Kannst du's mir zeigen?«

Lev sah es sich an. Es war eins von diesen elektronischen Spielen, ein Fußballspiel. Es bestand aus einem Bildschirm mit dem Spielfeld darauf und zwei Knöpfen, auf jeder Seite einer. Der eine kontrollierte den Sturm, der andere die Verteidigung. Aber als er auf die Knöpfe drückte, passierte gar nichts.

»Vielleicht sind die Batterien alle«, sagte er.

Erleichtert, dass er es hier mit einem einfacheren Problem zu tun hatte, suchte er zwischen den verstreuten Geschenken herum und fand eine kleine silberfarbene Taschenlampe. Tatsächlich steckten darin Batterien der gleichen Größe, und diese funktionierten. Das kleinere Mädchen – Dodie – hatte nichts dagegen, dass er sich an ihrem Geschenk zu schaffen machte; sie schien sich nicht besonders dafür zu interessieren. Lev fand es selbst auch ein wenig merkwürdig, einem kleinen Mädchen eine Taschenlampe zu schenken. Oder auch ein elektronisches Fußballspiel, wenn man darüber nachdachte.

Dummerweise reagierte das Spielzeug nicht auf seine neue Kraftquelle. Als Pola Methune wieder herunterkam, eine weiße Pappschachtel in der Hand, sah sie Amandas enttäuschtes Gesicht und fragte, was los sei.

»Wissen Sie noch, wo Sie das hier gekauft haben?«

»Ich habe es gar nicht gekauft, sondern Barry. In einem Spielzeugladen in der Nähe seines Büros, in der Broad Street. 900 Broad, im Wyatt Building.«

»Ich werd's schon finden«, sagte Lev. »Ich fahre hin und tausche es um, wenn Sie möchten.«

»Das ist furchtbar nett von Ihnen. Genau das hätte Barry auch getan.«

Neue Tränen drohten, und Lev lag viel daran, seine Untersuchung abzuschließen. Er sah Barry Methunes Papiere durch und musste dessen Frau darin zustimmen, dass sie harmlos waren und keinerlei Aufschlüsse gaben. Außerdem stellte sich heraus, dass Methune kamerascheu sein musste. Es gab nur ein einziges Foto von ihm, und das war vermutlich zu alt, um von Nutzen zu sein. Der Schnappschuss zeigte einen dicklichen jungen Mann, dessen dunkles, lockiges Haar sich an den Schläfen bereits lichtete. Er hatte Fältchen um die Augen, eine breite Nase und ein Lächeln, das aussah, als wäre es eine Dauereinrichtung.

In dieser Nacht lag Lev schlaflos neben seinem Mount Eleanor, wie er Elly nannte, und studierte die Schlafzimmerdecke. Seine Frau wollte wissen, woran er dachte.

»Ich dachte gerade über ihre Geschenke nach«, sagte er.

»Wieso, was hat sie denn gekriegt?«

»Nicht ›ihre‹ Einzahl. ›Ihre‹ Mehrzahl, wie in ›kleine Mädchen‹.«

»Ach, du meinst das Fußballspiel.«

»Und eine Taschenlampe.«

»Ja und?«

»Es kommt mir einfach ein bisschen komisch vor, das ist alles.«

»Inwiefern komisch?« In Ellys Stimme lag ein Anflug von Aggression. »Weil keine Puppen oder Kochherde oder Nähetuis dabei waren?«

»Ach weißt du, das kann durchaus dabei gewesen sein, ich habe ja nicht alle Geschenke gesehen.«

»Aber das Fußballspiel macht dir Kopfzerbrechen, weil es ein *Männer*sport ist, nicht wahr?«

»Es ist heute schon zu spät für feministische Polemik.«

»Ich sag dir nur das eine«, entgegnete Elly, »wenn John Alexander alt genug ist, kaufe ich ihm eine Puppe.«

»Krieg erst mal ein Baby«, sagte Lev und drehte sich auf die Seite.

Eine halbe Stunde später war er noch immer wach und grübelte darüber nach, wo der Mann, der Weihnachten liebte, geblieben sein mochte.

Am nächsten Morgen schrieb er seinen Bericht, und Ab Peterson las ihn mit zusammengekniffenen Augen. *»Cherchez la femme«*, sagte er. »Hast du schon mal daran gedacht?«

»Ich habe daran gedacht«, sagte Lev müde.

Mittags aß er mit Sam Reddy in einem Lokal in Lewisfield und erzählte ihm von dem Fall, mit dem eigentlich *er* sich hätte befassen sollen. Wie Ab Peterson hatte auch Sam eine Theorie.

»Selbstmord«, sagte er kurz und bündig. »Diese munteren Typen verbergen immer irgendetwas. Vielleicht mochte er Weihnachten in Wirklichkeit gar nicht. Vielleicht deprimierte es ihn.«

»Aber wo ist dann die Leiche?«

Sam zuckte mit den Achseln. »Wie wär's mit dem Reservoir? Von der Holly Road hätte er gut zu Fuß dorthin gehen können, es liegt kaum eine Meile von dort entfernt. Vielleicht trinken die Leute weiter im Süden in diesem Augenblick Wasser mit Methunegeschmack.«

Er gluckste leise in seinen Kaffee, ganz unbeeindruckt von Levs angeekeltem Gesichtsausdruck.

Lev fuhr nicht mit Sam ins Präsidium zurück, sondern ließ sich in Dayton vor McReadys Spielzeuggeschäft absetzen. Er hatte Amandas nicht funktionierendes Spiel bei sich und präsentierte es dem Mann hinter dem Ladentisch.

»Was ist los damit?«

»Abgesehen davon, dass es nicht funktioniert, nichts.«

Das Benehmen des Mannes ähnelte dem eines ruinierten Pfandleihers.

»Haben Sie einen Kassenzettel?«

»Nein«, sagte Lev. »Jemand anders hat es gekauft.«

»Wie soll ich dann wissen, dass es hier gekauft wurde?«

»Ich gebe Ihnen mein Wort«, entgegnete Lev. Zu seiner Ehre sei gesagt, dass er nicht seine Dienstmarke für sich bürgen ließ. »Ich weiß nicht«, sagte der Mann. »Es kostet schließlich 49,50 Dollar. Ich bin schon öfter reingelegt worden. Wenn Sie's mir beweisen, gebe ich Ihnen ein anderes.«

»Ach, zum Teufel«, sagte Lev und langte nach seiner Brieftasche. Dann besann er sich eines anderen und sagte: »Vielleicht ist mit einer Kreditkarte bezahlt worden. Könnten Sie nicht mal nachsehen? Der Name ist Methune, Barry Methune.«

»Können Sie ihn beschreiben?«

Lev tat sein Bestes. Zu seiner Genugtuung nickte der Ladenbesitzer schließlich.

»O ja, ich glaube, ich kenne den Typ. Ich glaube, er war letzte Woche hier. Ich schaue mal nach.«

Fünf Minuten später kam er zurück – mit einer Rechnung für ein elektronisches Fußballspiel, eine Minitaschenlampe und zwei Captain-Wango-Strahlenpistolen.

»Ich bin sicher, es ist der Typ, der diese Sachen hier gekauft hat. Das Ganze hat nur einen Haken. Er heißt nicht so, wie Sie gesagt haben. Sein Name ist Munsey, Benjamin Munsey, Seh'n Sie selbst.«

Er reichte Lev das Rechnungsformular, und trotz der blassen Durchschrift waren Name und Unterschrift deutlich genug. Munsey, Benjamin Munsey. Lev schüttelte den Kopf. »Das ist er nicht«, sagte er. »Irrtum.« Aber trotzdem sei er davon überzeugt, dass das defekte Spiel hier gekauft worden sei. Er wolle Ersatz, und er verliere langsam die Geduld. Er habe Wichtigeres zu tun, sagte er. »Und wenn Sie's genau wissen wollen, ich bin Polizist.« Er seufzte, als er das sagte – es verstieß gegen ein Prinzip. Aber es wirkte. Der Ladenbesitzer zuckte mit den Achseln und gab ihm ein funktionierendes Exemplar des elektronischen Fußballspiels.

»Und ich sage immer noch, dass es der Bursche ist«, grunzte er. »Um Weihnachten rum kommt er drei-, viermal hierher, und probiert alles Mögliche aus. Der Typ ist ein richtiger Weihnachtsfreak.«

Levs Hand erstarrte auf der Türklinke.

»Könnte ich die Rechnung noch mal sehen?«

Die Unterschrift war eindeutig, *Benjamin Munsey*. Die

Adresse war 18 Skyblue Lane, Sycamore Village, eine Vorstadtenklave ungefähr dreißig Meilen nördlich von Dayton.

»Danke«, sagte er.

Er stand auf dem Bürgersteig und dachte über diese sicher zufällige Übereinstimmung nach. Zwei Männer sahen gleich aus und liebten Weihnachten. Warum schließlich nicht? Zwei Männer sahen gleich aus, liebten Weihnachten und kauften fast die gleichen Spielsachen. Durchaus möglich.

Zwei Männer sahen gleich aus, liebten Weihnachten, kauften die gleichen Spielsachen und hatten dieselben Initialen.

Er fand eine Telefonzelle und rief Pola Methune an.

»Haben die Kinder *was* gekriegt?«, sagte sie.

»Strahlenpistolen«, sagte Lev. »Captain-Wango-Strahlenpistolen, was immer das ist.«

»Umbringen könnte ich diesen Captain Wango!«, sagte Pola grimmig. »Dieses summende Geräusch macht mich wahnsinnig. Wenn Sie mich fragen, man sollte überhaupt keine Pistolen für Kinder herstellen!«

Lev war schon im Begriff, die Zelle zu verlassen, aber dann besann er sich anders. Er fragte die Auskunft nach einer Nummer in Sycamore Village und wählte sie. Es antwortete eine niedergeschlagene Frauenstimme, die ängstlich wurde, als er erklärte, wer er sei.

»Nein, *es* ist alles in Ordnung«, sagte er schnell. »Ich würde Ihnen nur gern ein paar Fragen stellen. Reine Routineangelegenheit«, und fragte sich dabei, wie oft in einer Woche er diesen Ausdruck benutzte.

Er ließ ihr keine Zeit zu protestieren, sondern hängte

auf und führte schnell hintereinander noch drei Gespräche: eins mit dem Präsidium, eins mit zu Hause und eins mit der Taxizentrale von Dayton.

Eine dreiviertel Stunde später gelang es dem Taxifahrer, die Skyblue Lane zu finden, eine unbefestigte Straße, die versuchte, sich vor dem wild wachsenden Verkehr der Gegend zu verstecken. Nummer 18 war das dritte Haus auf der linken Seite, zwei Stockwerke aus Backstein und Putz, doppelt so alt und so groß wie das Haus der Methunes in Lewisfield.

Aber eine Ähnlichkeit war zumindest vorhanden. Weihnachtliche Lichterketten zeichneten die Konturen des Hauses nach, liefen von seinem breiten Schornstein über das schräg abfallende Dach an allen vier Ecken hinab und säumten sämtliche Türen und Fenster. Nachts würde das Haus wie eine in bunten Lämpchen ausgeführte Skizze aussehen. Auf dem Rasen stand zwar kein Plastikschlitten, dafür aber ein überdimensionaler Weihnachtsmann, der den Vorübergehenden zuwinkte.

Lev stellte noch einen weiteren Vergleich an, als Mrs. Benjamin Munsey die Tür öffnete. Sie war größer und kräftiger als Pola Methune, aber trotzdem glaubte er, um die Augen herum eine gewisse Ähnlichkeit zu entdecken. Später wurde ihm klar, dass es eher eine Frage der Wirkung als der Physiognomie war. Beide Frauen hatten Tränen vergossen, und das in reichlichem Maße.

»Es ist wegen meines Mannes, nicht wahr?«, sagte sie, noch ehe er im Haus war. »Ihm ist etwas zugestoßen! Sie wollten es mir am Telefon bloß nicht sagen!«

»Nein«, sagte Lev. »Das ist nicht der Grund, weshalb ich hier bin, bestimmt nicht.«

»Ich habe schon daran gedacht, die Polizei anzurufen«, sagte sie. »Aber dann denke ich wieder, dass er bestimmt jeden Augenblick durch die Tür kommt oder dass das Telefon klingelt und er mir sagt, dass er irgendwo stecken geblieben ist. In Illinois tobt gerade ein Schneesturm, wissen Sie, und er hat Kunden in Chicago . . .«

»Mrs. Munsey, wollen Sie damit sagen, Ihr Mann sei verschwunden?« Mit Mühe verschluckte er das Wörtchen »auch«.

»Er versprach, einen Tag vor Weihnachten zurück zu sein, aber er ist nicht aufgekreuzt! Ich habe in seinem Büro angerufen, aber der Mann, der für ihn arbeitet, war nicht anwesend, war auf Tour, wie seine Sekretärin sagte. Und sie war nur zur Aushilfe da und hatte nicht die geringste Ahnung.«

Dann war es also kein Verschwinden, dachte Lev, sondern ein Nichterscheinen.

»Vielleicht hätten Sie wirklich die Polizei anrufen sollen. Ihr Mann könnte doch zum Beispiel einen Unfall gehabt haben.«

»Ich wollte mir das einfach nicht vorstellen!«, sagte sie und presste die Hand auf den Mund. »Nicht Heiligabend. Das wäre einfach zu furchtbar. Ben liebte Weihnachten so sehr!«

»Darf ich bitte hineinkommen?«, fragte er ernst.

Sie führte ihn ins Haus, und sein Blick wurde von den weihnachtlichen Attributen allüberall magisch angezogen. In der Diele ein übergroßer Kranz, Stechpalmen- und Mistelzweige an allen Wänden, ein Arrangement weißer Zweige vor dem prunkvollen Kamin und in dem hohen Wohnzimmer ein Weihnachtsbaum von mindestens vier

Metern. Auch hier ein Durcheinander ausgepackter Geschenke, obwohl das Einwickelpapier bereits fortgeräumt
worden war.

Am Fuß des Baumes befand sich jedoch ein Trümmer-
feld anderer Art, und Lev musste zweimal hinsehen, um
sich zu vergewissern, dass ihn seine Augen nicht getäuscht
hatten. Es schien der Schauplatz eines Massakers im Spiel-
zeugland zu sein. Da lagen ausgerissene Arme und Beine,
ein Puppenkopf mit rausgepulten Augen, ein anderer, dessen Augen zwar noch heil waren, der aber noch grotesker
aussah, da er seinen eigenen zerfetzten und verstümmel-
ten Torso anstarrte. Die Frau musste Levs Gesichtsausdruck gesehen haben, denn sie sagte:

»Das war Michael.« Ihre Stimme klang traurig. »Seit
zwei Tagen ist er außer Rand und Band; ich bin sicher,
es hängt damit zusammen, dass sein Vater nicht da ist.«

»Ist Michael Ihr Sohn?«

»Ja. Er ist erst sechs, aber er kann sehr jähzornig werden. Weiß der Himmel, woher er das hat. Von mir bestimmt nicht, oder von Ben, obwohl mein Vater mit Ge-
genständen geschmissen hat, wenn er wütend war.«

»Wollen Sie damit sagen, dass Ihr kleiner Sohn – das
hier angerichtet hat?« Er deutete mit dem Kopf auf das
Massaker.

»Ja. Es war wohl so was wie der letzte Tropfen, der das
Fass zum Überlaufen bringt. Kein Weihnachtsmann, sein
Daddy nicht da und dann noch diese Geschenke. Ich
bin sicher, es handelt sich dabei um ein Versehen. Wahrscheinlich hat Ben die Geschenke telefonisch bestellt,
und das Geschäft hat bei der Lieferung etwas durcheinandergebracht. Ich meine, Zwillingspuppen – und dann

noch Mädchen! Michael ist völlig ausgerastet, als er sie sah. Es ist ja wirklich erstaunlich. Es muss das Fernsehen sein, durch das Kinder diese Machohaltung lernen.«

»Was hatte er denn zu Weihnachten wirklich haben wollen?«, fragte Lev vorsichtig. »Vielleicht ein Fußballspiel? Strahlenpistolen?«

»Ich weiß es nicht«, sagte die Frau. »Er war so schlechter Laune nach dem Streit mit seinem Vater. Er hatte nämlich verkündet, es gäbe gar keinen Weihnachtsmann ... Ich habe Ben gesagt, er solle es nicht so schwernehmen. Früher oder später finden die Kinder doch die Wahrheit heraus. Sie erfahren sie auf der Straße, meinen Sie nicht auch?«

»Ja, wahrscheinlich.«

»Voriges Jahr noch hatte Michael für den Weihnachtsmann Milch und Kekse hingestellt. Dieses Jahr weigerte er sich. Ich meine, er versuchte nicht einmal, uns zuliebe so zu tun als ob, wie andere Kinder es manchmal machen. Ben hat sich so darüber aufgeregt, dass er in der Nacht nicht schlafen konnte. Wie ich schon gesagt habe, er liebt Weihnachten über alles.«

»Mrs. Munsey«, sagte Lev, »hätten Sie wohl zufällig ein Bild von Ihrem Mann?«

»Komisch, dass Sie mich das fragen«, sagte sie. »Das ist etwas, was ich Jahr für Jahr auf meinen Weihnachtswunschzettel setze und nie kriege. Einen Fotoapparat, meine ich. Es gibt von uns einfach keine Familienfotos. Ben hasst es, fotografiert zu werden ...«

»Dann können Sie ihn mir vielleicht beschreiben?«

Mrs. Munsey beschrieb ihn.

Zehn Minuten später, als Lev wieder an der Haustür

stand, fiel es der Frau ein, nach dem Zweck seines Besuches zu fragen.

»Reine Routineangelegenheit«, sagte Lev.

Er versprach, wieder von sich hören zu lassen, und bat sie, ihn entweder im Präsidium oder zu Hause anzurufen, sobald ihr abtrünniger Gatte sich meldete.

Er rechnete nicht mit ihrem Anruf.

Lev hätte jetzt zum Präsidium zurückfahren können, um seinen Bericht zu schreiben. Ab Peterson, der Klatsch liebte, hätte seine Freude daran gehabt. Und Sam Reddy wäre enttäuscht gewesen, dass ihm so ein pikanter Fall entgangen war. Beide Reaktionen hätten ihm vielleicht Befriedigung verschafft, aber Lev musste zuerst mit Elly reden.

Zu Hause traf er sie am Küchentelefon an und hörte sie sagen: »Oh, ungefähr alle fünfzehn bis zwanzig Minuten.«

»Was alle fünfzehn Minuten?«, fragte er besorgt.

»Ich erkläre gerade Fawn Cohen, wie man einen Puterbraten mit Fett begießen muss.«

»Ach so.«

Dann erzählte er ihr von seinem Tag. Ihre Augen und ihr Mund bildeten drei perfekte o, als sie begriff, worauf er hinauswollte.

»Bist du dir absolut sicher, Lev?«

»Die Beschreibung seines Aussehens passt, die Charakterbeschreibung passt, selbst die Berufsbeschreibung passt. Barry Methune besitzt eine kleine Firma für Ärztebedarf in Dayton. Ben Munsey besitzt eine völlig andere Firma für Ärztebedarf, ebenfalls in Dayton. Beide beliefern denselben Kundenkreis mit unterschiedlichen Produkten.«

»Du meinst, er habe sein Leben einfach . . . in zwei Teile gespalten?«

»Das musste er schon, wenn er zwei Haushalte unterhalten wollte. Über Weihnachten arbeitet er nie, sondern überlässt es jemand anderem, sich um die Kunden zu kümmern. Die Weihnachtsvorbereitungen trifft er immer in beiden Häusern, aber den Weihnachtstag selbst verbringt er mal in der Holly Road und mal in der Skyblue Lane. Dieser Mann liebt Weihnachten so sehr, dass er jedes Jahr zwei davon haben muss.«

»Aber was ist dieses Jahr passiert? Wieso ist er verschwunden?«

»Er war offensichtlich am Ende seiner Kraft. Er wurde zerstreut. Er verwechselte seine Adressen, seine Kinder, die Weihnachtsgeschenke. Sein Sohn bekam die Geschenke, die den Mädchen zugedacht waren, die Mädchen die Geschenke für den Jungen. Er hatte die Situation einfach nicht mehr im Griff.«

»Und deshalb ist er von seinen *beiden* Leben weggelaufen.«

»Und wir haben jetzt einen noch triftigeren Grund, nach dem Burschen zu suchen. Er hat ein Verbrechen begangen. Bigamie.«

»Lev Walters«, sagte Elly, »du bist ein guter Detektiv.«

»Danke«, erwiderte er selbstgefällig.

»Trotzdem hast du nicht entdeckt, dass ich gelogen habe. Fawn Cohen hat in ihrem ganzen Leben noch keinen Puter gebraten. Ich habe vorhin mit Dr. Ramirez telefoniert.«

An die nächste halbe Stunde konnte sich Lev später nicht mehr erinnern. Aber irgendwie hatte er es geschafft, Ellys Sachen zusammenzuraffen, Elly ins Auto zu packen und sie gerade noch rechtzeitig im Krankenhaus abzuliefern – eine Stunde bevor er der Vater von John Alexander Walters wurde.

Sie sah verschwitzt, aber wunderschön aus, als er sie wieder zu Gesicht bekam, so als habe sie den Marathonlauf gewonnen.

»Ich bin bloß froh«, sagte er, »dass Alex nicht Silvester zur Welt gekommen ist. Er wäre mit dem Gefühl aufgewachsen, dass alle Partys nur für ihn veranstaltet würden.«

»Hast du ihn schon gesehen?«

»Ja«, sagte Lev. »Er ist hinreißend.«

»Lügner. Er sieht aus wie ein hundertjähriger Pueblo-Indianer. Ich hab schon überlegt, ob ich mich nicht beim Storch beschweren sollte.«

Als Lev nicht antwortete, sondern vor sich hinstarrte, zog sie an seinem Handgelenk. »He, du, hast du gehört, was ich gesagt habe?«

»Ja, sicher.«

»Du warst völlig weggetreten. Worüber hast du eben nachgedacht?«

»Den Storch«, sagte Lev. »Über die Art und Weise, wie der Storch die Kinder bringt. Und jetzt denke ich an etwas anderes.«

Es war schon spät am Tag, als er wieder vor dem Haus der Methunes stand. Er fürchtete diesen Besuch noch mehr als den letzten, als er gezwungen gewesen war, Mrs. Methune die schlimme Nachricht vom Doppelleben ihres Mannes beizubringen. Methunes Teilzeitehefrau hatte auf seine Eröffnung äußerst unfreundlich reagiert, wie auch Mrs. Munsey. Er rechnete nicht mit einem herzlichen Willkommen.

»Haben Sie ihn schon gefunden?«, fragte Pola Methune eisig.

»Nein«, entgegnete Lev. »Wir haben Ihren Mann nicht gefunden, Mrs. Methune. Aber ich habe da so eine Idee, wo er sein könnte.«

»Ich bin ganz Ohr. Lassen Sie mir nur Zeit, ein Gewehr zu holen!«

»Erinnern Sie sich noch, was Sie mir über sein Verschwinden erzählt haben? Dass er mitten in der Nacht einfach weg zu sein schien?«

»Wahrscheinlich hat er da seiner anderen Frau einen Besuch abgestattet.«

»Nein«, sagte Lev. »Er war völlig verwirrt. Er wusste nicht mehr, mit *welcher* Ehefrau er eigentlich zusammen sein wollte, welche Geschenke er welchen Kindern geben wollte. Und dann könnte er noch etwas anderes durcheinandergebracht haben. Nämlich wo er vorhatte, den Weihnachtsmann zu spielen, so überzeugend zu spielen, dass ein zynisches sechsjähriges Kind wieder an ihn glaubte ...«

»Keins meiner Kinder ist sechs Jahre alt.«

»Nein«, sagte Lev nüchtern, »aber Michael Munsey. Und es könnte sein, dass Ihr Mann beschloss, ihm eine überzeugende Vorstellung zu geben. Nur dass er diese Vorstellung im *falschen Haus* geben wollte.«

Er ging zum Kamin und zog den Ofenschirm und die Feuerböcke zur Seite. Dann duckte er sich und trat in die Feuerstelle. Er hoffte, dass er sich irrte, aber die Hoffnung erfüllte sich nicht. Als er hinaufgriff, in die Höhlung eines allzu engen Schornsteins, fühlte er die Sohlen zweier Gummistiefel.

In einer Winternacht

Wladimir Kaminer

Superman und Superfrau

Ende Dezember ist die richtige Zeit, um sich und anderen etwas zu wünschen. Meinem Freund und Nachbarn Georgi wünschte ich Gesundheit – und noch mehr Feingefühl für seine Nachbarn, das heißt, mich nicht mehr um zwei Uhr morgens anzurufen und in den Hörer zu brüllen: »Schaut sofort aus dem Fenster! Es schneit!« Das will doch um diese Uhrzeit keiner wissen!

Georgi wünschte mir für das neue Jahr mehr Geselligkeit und noch mehr Hilfsbereitschaft im Hinblick auf die Nachbarschaft. Vieles auf der Welt wäre nicht schiefgegangen, wären die Menschen bereit gewesen, einander zu helfen, sinnierte er. Vieles auf der Welt läuft schief, weil die Menschen so gern einander helfen, ohne vorher zu fragen, konterte ich. Georgi vertrat aber eine andere Meinung. Er fühlt sich für alles, was auf der Welt geschieht, verantwortlich, und hat sogar die alte Fernsehserie *Superman* auf Video.

Kurz vor Weihnachten gingen wir zusammen in ein Porzellangeschäft in den Schönhauser-Allee-Arkaden, um dort eine Wodka-Karaffe für seinen Vater zu kaufen. Der Laden war rappelvoll und das Porzellan fast ausverkauft, es gab nur noch mikroskopisch kleine Essigkaraffen für zwölf Euro das Stück. Trotzdem stellte ich mich in die Schlange vor der Kasse. Mein Freund beobachtete eine große rotblau gestreifte Tasche, die herrenlos im Gang stand. Nach drei Minuten kam er zu dem Schluss, dass sich darin eine Bombe befand. Unauffällig, um keine Panik zu verursachen, schnappte Georgi sich die Tasche, rief »Alle raus hier!«, und lief an die frische Luft. Die Menschen in der Schlange erstarrten und blieben, wo sie waren. Nur zwei ältere türkische Frauen liefen Georgi hinterher. Sie beschimpften ihn auf Türkisch und wollten anscheinend ihre Bombe zurückhaben. Mein Freund war aber schneller und schaffte es, die Tasche von der S-Bahn-Brücke zu schmeißen. Die Tasche platzte unten auseinander, und Hunderte kleine Porzellanteile flogen in alle Himmelsrichtungen. Es handelte sich also um eine Porzellanbombe. Die türkischen Frauen schubsten Georgi und drohten ihm mit der Polizei. Sie wollten wahrscheinlich nicht ohne Bombe in ihre Terroristenzelle zurückkehren. Außer den Wörtern »Weihnachtsgeschenk« und »Scheiße« konnten wir nichts verstehen. Aber alle Leute blickten misstrauisch in unsere Richtung, sie ahnten nicht, dass wir ihnen gerade das Leben gerettet hatten. Georgi meinte, die echten Helden müssten immer im Schatten bleiben, so wie Superman eben, also hauten wir ab, bevor die Polizei auftauchte.

Zu Hause wünschte ich ihm noch für das neue Jahr mehr Zurückhaltung und Toleranz. Er selbst wünschte sich, wie jedes Jahr zu Silvester, vor allem zwei Dinge – eine besondere Frau kennenzulernen und mit dem Rauchen aufzuhören. Dabei ahnte er nicht, wie schnell seine Träume Realität werden sollten. Auf einer russischen Party lernte unser Superman eine Superfrau kennen – Lena. Lena war groß, blond und trug nicht, wie die meisten auf der Party, einen grünen Fuchspelz, sondern eine rote Lederjacke und Stiefel. Sie arbeitete bei einer Sicherheitsfirma und fuhr Motorrad – das ganze Jahr über. Zu Georgi sagte sie, er habe einen knackigen Po. Pfui, dachte Georgi. Er hatte keine Erfahrung im Umgang mit emanzipierten Frauen. Lena meinte, die Party sei doch stinklangweilig, was er denn davon halten würde, mit ihr eine Runde Motorrad zu fahren. Georgi willigte ein. Die beiden tranken noch schnell einen Wodka und kletterten dann auf Lenas Yamaha.

Mein Freund hatte in seinem Leben schon auf einigen Dingen gesessen, aber noch nie auf einem Motorrad. Es kam ihm zunächst neu und erfrischend vor. Lena zog ihm einen roten Motorradhelm über den Kopf und gab Gas. Sie legte großen Wert darauf, niemals geradeaus zu fahren, sondern ständig zu manövrieren und dort, wo andere bremsten, Gas zu geben. In fünf Minuten schafften sie es vom Potsdamer bis zum Alexanderplatz. Georgi drückte sich immer fester an die Frau, und trotzdem beschlich ihn das unangenehme Gefühl, nicht mehr Herr seines eigenen Lebens zu sein. Nach zehn Minuten Fahrt kämpfte er schon mit Brechanfällen und hatte nur noch den einen Wunsch – abzusteigen. Sie überquerten die Torstraße und fuhren die Schönhauser hoch, nicht weit von Georgis Haus entfernt. Da klopfte er Lena mit der Hand auf die Schulter. Sie hielt an. Er kletterte vom Motorrad und lief unsicheren Schrittes so schnell wie möglich nach Hause, ohne auf Wiedersehen zu sagen. Ein richtiger Superman hätte sich an seiner Stelle mindestens fürs Mitnehmen bedankt und der Dame die Hand geküsst, aber Georgi war nicht danach, er musste kotzen. Außerdem war ihm klar, dass er die Prüfung nicht bestanden hatte. Zu Hause rannte er sofort zum Klo und versuchte zu kotzen. Da merkte er, dass er noch immer den Motorradhelm auf dem Kopf hatte. Er versuchte ihn abzunehmen – es ging nicht. Es handelte sich um einen modernen Motorradhelm, so einen, der durch Knopfdruck die Form des Kopfes annimmt und sich per Knopfdruck löst. Nur, wo war der Knopf? Georgi drückte auf alle möglichen Stellen. Vergeblich. Der Helm saß wie angegossen. Er verfluchte alle Motorräder der Welt und lief wieder hinunter – Lena aber war längst weggefahren. Georgi ging zu uns in das Haus gegenüber, wir aber waren nicht da. Zurück in seiner Wohnung, wollte er per Telefon Hilfe anfordern. Schnell stellte er jedoch fest, dass weder Kotzen noch Telefonieren mit einem Motorradhelm möglich sind, und so musste er sich schließlich in einer für ihn ganz neuen Lebenssituation zurechtfinden. Er drehte sich erst einmal eine Zigarette und zündete sie an, doch die ausgeblasene Rauchwolke blieb im Helm und bescherte ihm aufs Neue Brechanfälle. Er versuchte zu schlafen. Das tat richtig weh. Voller Verzweiflung holte er aus dem Werkzeugkasten unter der Spüle einen Hammer und haute sich ein paar Mal kräftig auf den Kopf, in der Hoffnung, die richtige Stelle zu treffen. Der Helm jedoch blieb sitzen, wo er war. Außerdem hatte er den Pincode seines Mobiltelefons vergessen, das er seit vier Jahren besaß, dafür erinnerte er sich plötzlich an seine alte ukrainische Telefonnummer, die er seit zwölf Jahren nicht mehr benutzt hatte. Tief in der Nacht kam Georgi auf die rettende Idee, eine Tankstelle in der Nähe aufzusuchen. Er lief aus dem Haus und die Schönhauser hinunter. Der Tankwart wunderte sich sehr und konnte lange nicht verstehen, was dieser komische Motorradfreak ohne Motorrad von ihm wollte. Alles deutete darauf hin, dass er jemanden suchte, der ihm eins auf den Kopf haute. Um sich zu vergewissern, ob er richtig verstanden hatte, nahm der Tankwart Georgi den Helm ab.

Nach diesem leidvollen Vorfall brauchte unser Freund zwei Tage, bis er wieder gesellschaftsfähig war. Danach besuchte er uns und erzählte, dass er seitdem nicht mehr rauche. Und wenn sein Organismus nach Tabak verlange, dann setze er sofort den Helm wieder auf – das helfe.

Im Nachhinein kann man sogar sagen, der Helm hat ihm mehr geholfen als geschadet. Am 31. Dezember standen wir beide bei uns auf dem Balkon und schauten in die Ferne. Ich rauchte, Georgi stand einfach nur da, mit dem roten Helm in der Hand, der zu seinem Talisman geworden war. Langsam begann die wilde Knallerei in der Stadt. Die Motorrad-Superfrau hat sich nie mehr gemeldet.

Christoph Peters
Sven Hofestedt sucht Geld für Erleuchtung

Vergangenen Winter bewohnte Sven Hofestedt zusammen mit seiner letzten Freundin Alicia ein winziges Büro in Neuhausen, Parterre. Er war fünfunddreißig Jahre alt. Das Loft über den Dächern von Schwabing hatte er wenige Wochen zuvor aufgeben müssen, den Maserati, den Alfa Romeo verkauft. Er arbeitete nach wie vor an einem Investitionsprojekt für Ferienanlagen in Costa Rica, obwohl sein Teilhaber, mit dem zusammen er die Sondierungen vorgenommen hatte, samt aller Pläne und Adressen zu einem amerikanischen Reiseveranstalter übergelaufen war. Die genaue Höhe von Svens Schulden kannte niemand. Sie verteilten sich auf Banken, ehemalige Geschäftspartner, Verwandte und Freunde. Er schien jedoch zuversichtlich.

Als ich Sven kennenlernte, war er achtzehn und verschickte selbstgedruckte Photopostkarten seines unbekleideten, perfekt austrainierten Oberkörpers an ehemalige Schulkameradinnen, die zweihundert Kilometer entfernt auf seine Rückkehr warteten. Er kam in unser Internat, weil sein Vater, ein Ingenieur und Erfinder, nach Jahren erfolgloser Selbständigkeit in einer türkischen Textilfabrik Anstellung gefunden hatte und mit der Mutter in die Gegend von Ankara ziehen mußte. Sven sah bereits damals aus, als führe er Sportwagen und schliefe mit reichen Erbinnen. Trotzdem wirkte er schüchtern, sprach we-

142

nig, im Unterricht gar nicht. Sommers wie winters trug er T-Shirts, die seine Muskulatur betonten. Wenn er sich nicht im Fitneßraum aufhielt, aquarellierte er Frauenakte oder schrieb bedeutungsschwere Gedichte.

»Es geht nicht um das Ergebnis«, sagte er, »sondern um den Prozeß. *Der Weg ist das Ziel!*«

Dieser Satz wurde damals häufig zitiert.

»Ich brauche zwanzigtausend Mark, dann fahre ich nach Japan in ein Zen-Kloster und übe die Erkenntnis der Leere. Alles ist im Grunde leer.«

Auch davon hatten wir gehört.

»Und womit willst du das Geld verdienen?«

»Ich werde es bekommen.«

Er erzählte von Bogenschießen, Pinselzeichnungen, Steingärten, und daß man tagelang im Schnee vor der Pforte des Klosters ausharren müsse, um überhaupt eingelassen zu werden. Der Meister sei befugt, den Schülern ihr Ego mit jeder Art von Demütigung, Schlafentzug und Prügel eingeschlossen, zu zertrümmern. Beim Eintritt müsse man eine Erklärung unterzeichnen, die das Kloster von jedweder Haftung für gesundheitliche Schäden oder den Tod infolge der Mißhandlung entbinde. Für diese Prüfungen härte er sich ab, damit er vorbereitet sei, wenn das Geld komme. Daß es komme, stehe außer Zweifel: Sein Vater habe ein neuartiges Garn entwickelt, das im Winter Wärme speichere und im Sommer Luft durchlasse. Auf der Haut fühle es sich angenehmer an als Seide. Zur Zeit arbeite er an den Webstühlen, die eine industrielle Fertigung ermöglichen würden. Allerdings habe sein Vater von jeher Schwierigkeiten gehabt, sich und seine Erfindungen zu präsentieren: Im Gespräch verkaufe er sich

schlecht, wirke konfus, und schon die Vorstellung, als Geschäftsmann auftreten zu müssen, verursache ihm ner-
vöse Überreizungen und Angstzustände. Dabei sei der Erfolg des Unternehmens, wenn man den Markt anschaue,
zu hundert Prozent garantiert. Wer sich an der Finanzie-
rung beteilige, könne sich, noch ehe fünf Jahre vergangen
seien, für den Rest seines Lebens zur Ruhe setzen. Er, Sven,
traue sich zu, die geeigneten Investoren aufzutreiben und
von dem Projekt zu überzeugen.

Nach dem Abitur verloren wir uns für eine Weile aus
den Augen. Als ich Sven wieder traf, wohnte er in Biele-
feld bei einer schönen, allerdings deutlich älteren Frau
namens Angelika, die ihn gerne geheiratet hätte. Da er
jedoch noch immer damit beschäftigt war, das Geld für
die Japanreise zu beschaffen, sah er keine Möglichkeit,
sich darauf einzulassen. Er vertröstete sie auf ein unbe-
stimmtes *Danach*, wenn es denn ein *Danach* gebe, doch
einstweilen seien sie im *Davor*, und das bestehe aus unendlich vielen Augenblicken des Glücks. Seine ersten Versuche, Geldgeber anzuwerben und staatliche Fördermit-
tel einzutreiben, waren gescheitert. Kurzfristig hatte es
so ausgesehen, als würde er im Alter von fünfundzwan-
zig Jahren einen Offenbarungseid ablegen müssen. Doch
dann war ein geheimnisvoller Orientale aufgetaucht, der
einen deutschen Partner gesucht hatte, um am Zoll vorbei
antikes Porzellan aus China zu importierten. Sven machte allerhand kryptische Andeutungen über die Seidenstra-
ße und ihre Bedeutung als Transportweg für Güter und
Ideen von Asien nach Europa. Seinen Lieferanten bekam
nie jemand zu Gesicht. Die Geschäfte wurden mit Hilfe

codierter Zeitungsanzeigen und über Schließfächer abge-
wickelt, deren Schlüssel er mit der Post erhielt.

»Es gibt Privatsammler«, erklärte Sven, »die wirklichen
Kenner, die nur an den Stücken und nicht an Ausfuhr-
bescheinigungen oder Echtheitszertifikaten interessiert
sind.«

»Und wie steht es um die zwanzigtausend?«

»Zur Zeit brauche ich sechzigtausend, aber mit dem
Porzellan ist es ein Kinderspiel.«

»Kann ich ein paar Sachen sehen?«

»Schwierig.«

»Woher weißt du denn, was *wirklich* echt ist? In China
fälschen sie doch alles.«

Er wies auf einen Stapel Bücher, den er durcharbeiten
wolle, außerdem sei sein Mittelsmann zu hundert Prozent
vertrauenswürdig.

Sven trug sein Haar jetzt länger, dazu einen kurzen Bart.
Eigentlich hätte er in Stulpenstiefeln mit Degen an der
Seite auf ein prächtiges Pferd gehört, statt dessen saß er
auf einem fetten Plüschsofa vor einem Couchtisch mit
Glasplatte und Deckchen, die Angelikas Großmutter ge-
häkelt hatte. In der linken Ecke des Wohnzimmers, neben
der rustikalen Schrankwand, hing ein Sandsack mit roten Boxhandschuhen; vor den hüfthohen Lautsprechern
der Stereoanlage lagen Hanteln. Während Angelika Kaffee kochte und Kuchen schnitt, schenkte Sven Whisky
aus und erklärte, zur Zeit besitze er nichts außer ein paar
Kleidern, alles andere gehöre Angelika. Sogar die Trai-
ningsgeräte habe sie bezahlt, sie sei wirklich eine wunderbare Frau. Als sie mit dem Tablett kam, sagte er: »Das Uni-
versum ist Liebe, und es spiegelt sich in deinen Augen.«

Sie lächelte einen Moment, als gäbe es irgendeine Hoffnung. Dann sagte sie: »Leider reicht das nicht.«

»Auch Geld kann ein Zen-Weg sein«, sagte Sven. »Man muß es nehmen und loslassen, dann wird es nicht zur Gefahr.«

»Du hast keinen Pfennig.«

»Das bedeutet nichts. Geld ist nur ein belangloser Teil der sich ewig wandelnden Welt. Blumen sind genauso belanglos. Steine, Wasser. Vielleicht machen Bogen und Pfeile oder ein Schwert mehr her, aber niemand kämpft mehr damit: Spielzeug für Erwachsene – wie Geld.«

Drei Jahre später war Sven Millionär und nach München übergesiedelt. Von Angelika hatte er sich getrennt. Die Frühstückseinladung, die mir durch einen privaten Kurierdienst zugestellt worden war, hatte er mit goldener Schrift auf handgeschöpftes Bütten drucken lassen. Er bewohnte ein Schwabinger Loft im siebten Stock mit Blick auf St. Kajetan und die Frauenkirche. Der Fußboden war aus Marmor, Türklinken und Badezimmer-Armaturen aus poliertem Messing. Seine neue Freundin hieß Vanessa, trug schwarze Netzstrümpfe und einen sehr kurzen Lederrock. Der BH hielt ihre Brüste nur mühsam. Außer mir erwarteten sie niemanden. Sven sammelte jetzt Sportwagen, und im Wohnzimmer stand ein weißer Flügel, obwohl weder er noch Vanessa Klavier spielte.

Nachdem die sechzigtausend zusammengewesen waren, hatte er den Porzellanhandel aufgegeben. Er war nicht nach Japan abgereist, weil er sich auf dem Zen-Weg des Geldes noch nicht weit genug gefühlt hatte. Statt dessen war er einige Monate lang Gasthörer in betriebswirtschaftlichen Vorlesungen und Seminaren gewesen, hatte sich teure Anzüge und ein gebrauchtes Jaguar-Coupé gekauft, um für die Gespräche mit möglichen Geschäftspartnern auf jeder Ebene gewappnet zu sein. Er hatte eine Hochglanzbroschüre über das Garn seines Vaters herstellen lassen, die Expertise eines renommierten Textilingenieurs zu den Eigenschaften des Gewebes eingeholt, dazu ein Finanzierungskonzept entwickelt und einen bekannten Unternehmensberater gefunden, der mit seiner Unterschrift dafür einstand. Damit war er von einer Bank zur nächsten gezogen, hatte sich Termine bei privaten Investoren geben lassen und alle Textilmessen in Europa besucht. Schließlich war es ihm gelungen, eine Landesbürgschaft zu bekommen. Fortan standen ihm alle Türen offen. Bei ersten Tests erwies sich die neue Faser aus Gründen, die noch untersucht werden mußten, als wenig strapazierfähig, was einstweilen jedoch kein Problem darstellte, da das Garn nur eines von vielen Produkten war, die auf Grundlage der Patente des Vaters zur Marktreife gebracht werden sollten. Sven konnte die Anteilseigner überzeugen, andere Erfindungen vorzuziehen: saugfähigeres Pflastervlies, ein spezielles Verfahren zum Walken synthetischer Filze. Der Vater war voller Optimismus, weil es ihm mit Hilfe seines Sohnes nun endlich gelingen würde, Visionen aus Jahrzehnten erfinderischer Tätigkeit Wirklichkeit werden zu lassen, er arbeitete Tag und Nacht.

Sven erzählte das alles ruhig lächelnd und öffnete eine Flasche Champagner. Nachdem wir angestoßen hatten, suchte er die passende Musik für ein festliches Sonntagsfrühstück. Vor mehreren Buddha-Statuen aus Bronze, Holz und Stein brannten Räucherstäbchen. Sven sagte, während er CD um CD in den Spieler schob: »Vergiß alles, was du hier siehst. Ich weiß nicht, warum es da ist, es verschwindet auch wieder, selbst die Buddhas.«

Er entschied sich für barocke Lautensonaten. Vanessa beteiligte sich kaum an der Unterhaltung, strich gelegentlich ihre schwarzen Haare hinters Ohr, zupfte den Rock zurecht und lachte nicht immer an den richtigen Stellen. Sven sagte: »Das Entscheidende spielt sich auf der Energieebene ab«, entschuldigte sich und ging mit ihr in die Küche, um das Essen herzurichten.

Ich öffnete die Balkontür, schaute über den englischen Garten und die zahlreichen Kirchtürme, bis der Horizont im Dunst verschwamm. Glocken läuteten, in meinem Rücken spielte der Lautist perlende Triller.

Zehn Minuten später brachten sie Platten mit italienischem Aufschnitt, französischem Käse, Wildlachs; dazu Trauben, Feigen, Erdbeeren, französische Konfitüren, australischen Honig.

Bis zu diesem Zeitpunkt war niemand mit der konkreten Planung irgendeiner Fabrik beauftragt worden. Sven verhandelte mit verschiedenen Städten um bestmögliche Bedingungen für den Kauf des Baulands. Seine Arbeit sei ohnehin beendet, sobald er das veranschlagte Investitionsvolumen zusammengetragen habe. Die Firma würden später andere aufbauen. Vanessa schaute sehr glücklich: »Wir fahren dann in die Karibik. Vielleicht wandern wir sogar aus.«

Sven nickte und holte eine Kiste Havannas aus dem Humidor.

»Hast du dein Japan-Experiment eigentlich aufgegeben?« fragte ich.

»Im Augenblick bin ich reich, in drei Jahren besitze ich vielleicht nichts mehr. Jeden Frühling schlagen die Bäume aus, jeden Herbst fallen die Blätter. Nimmst du eine *Cohiba*? – Sind echte.«

Inzwischen war es halb zwei und wir zündeten uns Zigarren an. Sven servierte fünfzehn Jahre alten Rum, Vanessa kämpfte mit ihrem Rock, der immer wieder hinaufrutschte, so daß der nackte Schenkel über den Strumpfsäumen zu sehen war.

Im nächsten Herbst fielen die Blätter: Sven schaffte es nicht, ausreichend Kapital aufzutreiben, aber er hatte alle Verträge so aufsetzen lassen, daß er seine Provisionen behielt, und flog mit Vanessa nach Costa Rica. Der Vater schlug sich mit den Anteilseignern herum, die ohne seine Mitarbeit ebenso machtlos waren, wie er ohne ihr Geld. Im Prinzip wäre die neue Faser reif für die Produktion gewesen, inzwischen kursierten in Finanzkreisen jedoch Gerüchte, das Hofestedt-Projekt stehe kurz vor dem Aus. Keiner wollte mehr einsteigen, die ersten zogen bereits ihre Gelder ab, und am Ende hatten wegen ein paar lächerlichen zehntausend Mark, die nicht aufzutreiben gewesen waren, alle viel verloren.

Nachdem er sicher sein konnte, daß ihm kein Verfahren wegen Anlagebetrugs oder Konkursverschleppung drohte, kehrte Sven aus Costa Rica zurück – ohne Vanessa. Sie war nach drei Wochen abgereist, weil er, statt an ihrer Seite den ewigen Urlaub anzutreten, mit einem deutschen Makler namens Arnold Huber auf der Suche nach einem geeigneten Platz für den Bau einer Ferienanlage durchs Land gefahren war. Arnold Huber hatte beste Kontakte zu den costaricanischen Behörden, allerdings keine nennenswerten Rücklagen. Sobald sie wieder in München waren, gründeten sie mit Svens Geld eine GmbH unter dem Namen *Ka-Zen International*. Sie stellten zwei Sekretärinnen, eine Fremdsprachenkorrespondentin, eine Reisekauffrau, einen Buchhalter sowie einen technischen Zeichner ein, der im Dialog mit Sven dessen Vision einer spirituell fundierten, japano-karibischen Architektur umsetzen sollte. Gleichzeitig beauftragten sie ein bekanntes Graphikdesignstudio, aus Kartenmaterial, Photos, Plänen und Kostenschätzungen einen Prospekt zu gestalten, der potentielle Anleger überzeugen würde. Sven ließ riesige Schreibtische anfertigen und stellte zwischen Computer und Telephon jeweils einen Miniatursteingarten samt kleiner Harke auf. Er bat seine Mitarbeiter, sich während der Arbeit hier und da freie Minuten zu gönnen, und ihren Garten zu gestalten: davon werde ihr Geist ruhig und frei.

Ende Februar gaben Sven und Arnold anläßlich der offiziellen Einweihung der Büroräume ein Fest. Der Zeitpunkt hätte nicht günstiger gewählt sein können: Der Winter hatte die Stadt seit Silvester in eisigem Griff, alle träumten von Wärme, Sonne und Cocktails am Pool. Während draußen Schneeflocken durch die Lichtkegel der Straßenlaternen und Scheinwerfer stoben, hielt Sven eine kurze Rede, so leise, daß ihn kaum jemand verstand: Mit der Ferienanlage in Costa Rica solle eine einmalige Idee verwirklicht werden, nämlich die Vereinigung der geistigen Traditionen des Zen-Buddhismus mit kreolischer Sinnenfreude. Er habe inzwischen Kontakte zu einem japanischen Architekten aufgenommen, der willens und

imstande sei, ausgehend von den bereits erarbeiteten Ent-
würfen, Gebäude in Anlehnung an die dortige Klosterar-
chitektur mit dem Komfort internationaler Spitzenhotels
zu entwickeln. Er selbst werde in Kürze nach Japan fliegen, um Handwerker, Köche und vor allem einen Meister
zu gewinnen. Der Meister solle ein Kursangebot konzi-
pieren, das Menschen auf der Suche nach der tieferen Di-
mension ihres Daseins ebenso wie erschöpften Leistungs-
trägern, die den Blick für das Wesentliche noch nicht
verloren hätten, den Einstieg in die Kunst der Kalligra-
phie, des Bogenschießens oder der Meditation ermög-
liche. Svens Ansprache endete mit einem Haiku:

»*Die Welt im Schnee. Laß uns
die schönste Aussicht suchen,
bis wir taumeln, stürzen.*«

Anschließend reichten asiatische Studentinnen warmen
Sake, grünen Tee und Sushi.

Arnold Huber verbrachte den größten Teil des folgenden Jahres in Costa Rica. Die Nachrichten, die er anfangs
übermittelte, klangen äußerst vielversprechend. Elf Monate später, Mitte Januar, schickte er ein Fax, in dem er
mitteilte, daß es ihm geglückt sei, die Option auf den
Kauf eines unberührten Areals an der Ostküste zu erwer-
ben. Da die finanziellen Engpässe von *Ka-Zen* die Investi-
tion jedoch unmöglich machen würden, habe er sich an
die amerikanische *WorldSpiritTravel-Company* gewandt,
die ihm eine führende Position beim Aufbau der Anlage
angeboten habe. Leider sei es ihm nicht gelungen, die Ame-
rikaner davon zu überzeugen, *Ka-Zen* in die weitere Pla-

nung mit einzubeziehen. Er gehe davon aus, daß Sven die notwendigen konzeptionellen Änderungen ohnehin nicht akzeptiert hätte.

Sven wirkte ruhig und heiter, nachdem er das Fax zu Ende gelesen hatte, und warf es wortlos in den Papierkorb. Seine Lage war mit einem Schlag ernster denn je. Als er Verständnis für Arnolds Entscheidung äußerte, hielten seine Mitarbeiter ihn endgültig für verrückt, ohne ihn deshalb weniger zu mögen. Der Buchhalter rechnete ihm vor, daß *Ka-Zen* vom nächsten Monat an weder in der Lage sein werde, Gehälter zu zahlen, noch die Büromiete aufzubringen. Soweit er Einblick in die Konten habe, könne Sven auch seine Privatwohnung kaum halten. Die Kündigungsschreiben seien aufgesetzt, sein eigenes eingeschlossen, Sven müsse nur unterzeichnen.

»Zen ist ein Leben von sieben Schritten und achtmal Fallen«, sagte Sven.

Wenige Tage zuvor hatte er sich erneut unsterblich verliebt und so blickte er trotz allem optimistisch in die Zukunft. Seine neue Freundin hieß Alicia. Ihr Vater stammte aus Argentinien, sie sprach fließend Spanisch, was für die Auseinandersetzungen im Zusammenhang mit dem Costa-Rica-Projekt äußerst hilfreich war. Sie erledigte die Korrespondenz, führte zahllose Telephonate über mögliche Alternativen mit Verbindungsleuten, die *WorldSpiritTravel* ebenfalls ausgebootet hatte, ohne sie für ihre Dienste zu entlohnen.

Obwohl Alicia sich, ausgehend von Svens äußerer Erscheinung, einen verschwenderischen Lebensstil versprochen hatte, willigte sie ein, mit ihm in ein kleines Ladenlokal zu ziehen, das gleichzeitig als Büro und Wohnung

diente. Allabendlich holten sie einen Futon aus der Ab-
stellkammer, rollten ihn auf dem Boden aus, liebten sich
und schliefen eng aneinandergedrängt ein. Sven lachte
viel und arbeitete wenig. Er verkaufte die Autos, den Flügel, einen Großteil seiner Antiquitäten. Kleine Bronzepla-
stiken, kostbare Füllfederhalter und die Buddhas brachte
er ins Leihhaus. Er verwandelte alles, was andernfalls ge-
pfändet worden wäre, in Bargeld, das weder auf Konten
noch in Unterlagen auftauchte. Seine Verbindlichkeiten
waren so hoch, daß es keinen Sinn gehabt hätte, mit dem
Abtragen zu beginnen, ehe sich nicht neue Verdienstmög-
lichkeiten aufgetan hatten.

In diesem Jahr kam der Winter spät. Krähenschwärme
kreisten über der verschneiten Stadt. Die Frauen auf den
Straßen trugen Pelze, in den Cafés roch es nach Motten-
pulver.

Sven borgte sich kleinere Summen bei Freunden, dem
Bruder, sogar bei ehemaligen Geliebten, die ihm wohl-
gesonnen waren. Alicia, die vor Sven ausschließlich ver-
mögende Liebhaber gehabt hatte, verließ ihn wider Erwarten nicht, im Gegenteil: Je weniger er sich um seine
Projekte kümmerte, desto härter arbeitete sie selbst.

Sven fuhr jetzt tagsüber immer häufiger hinaus ins Um-
land. Er trug seinen langen braunen Ledermantel, der mit
Chinchilla gefüttert war, dazu einen breitkrempigen Filz-
hut. Ganz gleich, ob die Sonne schien, neuer Schnee oder
Regen fiel, wanderte er durch die freundlichen Gegenden
vor den Alpen und kehrte erst am späten Abend in die
Stadt zurück. Er aß kaum und hörte fast vollständig auf
zu sprechen. Wenn Alicia ihn fragte, was er eigentlich vor-
habe, sagte er Sätze wie: »Ich folge der Spur, die ich im

Schnee hinterlasse«, oder: »Gestern haben meine Schritte die Berge am Horizont bewegt«, und lächelte. Wegen dieses Lächelns vertraute sie ihm.

Mitte März begann es zu tauen. Flüsse und Bäche traten über die Ufer, die Wege weichten auf. Sven war stark abgemagert. Seine Haut wirkte wächsern, die Wangenknochen warfen harte Schatten. Alicia bemerkte diese Veränderung erst jetzt, völlig unvorbereitet und mitten in der Nacht: Sie hatten sich bis zur Erschöpfung geliebt, zum Schluß war Sven über ihr gewesen, doch anders als früher hatte sein Oberkörper sie nicht vollständig bedeckt. Leicht wie ein Blatt war er ihr auf einmal erschienen. Nachdem sie sich voneinander gelöst hatten, erschrak sie derart über seine Magerkeit, daß sie beschloß, ihm heimlich auf einer seiner Wanderungen zu folgen, selbst wenn das einen Vertrauensbruch bedeutete. Von einer Freundin lieh sie sich Mantel, Schal, Pelzkappe und Sonnenbrille, damit er sie nicht erkannte. Als Sven am Morgen darauf zur Tür hinaus war, warf sie sich hastig in die fremden Kleider, wickelte den Schal bis unter die Nase und lief zur U-Bahn-Haltestelle. Sie stieg in denselben Waggon, allerdings am entgegengesetzten Ende. Am Hauptbahnhof nahm er die S-Bahn Richtung Tutzing. In Starnberg verließ Sven den Zug und ging zum See. Er wandte sich nach Osten, folgte der Uferpromenade, vorbei am Yachtclub, einem Schwimmbad, den Villen vermögender Leute. Der See lag ruhig da. Vor dem Schilf ließen sich Bleßhühner treiben, ein Reiher stand dort wie erfroren. Nebelschwaden stiegen die Hänge hinauf, man ahnte die Sonne dahinter. Sven folgte dem Pfeil mit der Aufschrift *Schloß Berg, Leoni*. Weder schlenderte noch hastete er. Alicia hielt ausreichend Abstand, so daß er sie nicht erkennen konnte, falls er sich umdrehte. Aber Sven drehte sich nicht um. Trotz oder wegen des riesigen Mantels, wirkte er zum Erbarmen dürr. Sie fragte sich, wie sie seine Verwandlung wochenlang hatte übersehen können, und fand keine Erklärung. Kopfschüttelnd lief sie zu nah auf, hielt abrupt an, wartete einige Sekunden. Im flachen Wasser stand ein dunkelbraunes Holzkreuz ohne Kruzifix auf einem metallverkleideten Sockel, an dem sich kleine Wellen brachen. Es wirkte unsinnig, doch sie wunderte sich nicht. In dieser Gegend nahmen an jeder Ecke Heiligenfiguren und Marienschreine die Stoßgebete der Wanderer entgegen. Ein gutes Stück später bog Sven in den steil ansteigenden Weg ein, der zum *Bismarckturm* führte. Weiße Schwaden krochen zwischen den Bäumen hindurch, verdichteten sich mit zunehmender Höhe. Weiter unten verloren die Umrisse des Sees an Schärfe. Man hätte die graue, matt schimmernde Fläche ebensogut für ein Felsplateau, ein Geröllfeld halten können. Es schien, als ob Sven mit jedem Schritt schmaler würde, als ob schon der Luftdruck reichte, ihn immer mehr zusammenzupressen. Der Wald öffnete sich auf eine verhangene Wiese hin, an deren höchstem Punkt ein massiger Turm in den Dunst ragte, gekrönt von einem steinernen Adler, der seine Schwingen ausbreitete, um davonzufliegen. Ein überdachter Wandelgang umschloß den Turm. Hier oben war außer ihnen niemand. Es gab nirgends Deckung. Alicia blieb zurück, verharrte im Schutz der Bäume. Die feuchte Kälte zog durch ihre Kleider, in Wellen überfiel sie ein Schlottern. Sven war beinahe nur noch ein senkrechter Strich, der sich fortbewegte und hinter dem Denkmal verschwand. Nach einigen Minuten wagte sich auch Alicia auf die Wiese. Sie fragte sich, weshalb sie Angst gehabt hatte, von Sven entdeckt zu werden: Einen sanfteren Menschen als ihn kannte sie nicht, er verzieh jedem alles. Auf der Rückseite löste sich der Weg nach wenigen Metern in der Nebelwand auf. Sie rannte in diese und jene Richtung, doch Sven war nirgends zu sehen. Sie lief trotzdem weiter, schneller als zuvor. An der ersten Gabelung entschied sie sich, rechts abzubiegen. Zehn Minuten später gelangte sie wiederum an eine Kreuzung. Hier stand sie vor einer Entscheidung zwischen drei Möglichkeiten. Sie überschlug die Wahrscheinlichkeit, mit der sie sich danach, ganz gleich, wohin sie sich wandte, noch auf demselben Weg wie Sven befände, hielt inne. Nachdem sie eine Weile dagestanden hatte, ohne die geringste Vorstellung, was nun werden würde, brach sie die Verfolgung ab und kehrte um.

Trotz der Kälte saß sie noch lange am Bahnhof, ehe sie in die S-Bahn stieg. Am Abend öffnete sie die Tür des Wohnbüros, kochte Tee, in den sie einen Rest costaricanischen Rum schüttete, und weinte. Weder in dieser Nacht noch an einem der folgenden Tage kam er nach Hause. Alicia rief bei keinem seiner Freunde an, um zu fragen, ob er sich gemeldet habe. Auch später hörte man nie ein Wort des Zorns oder der Enttäuschung über Sven aus ihrem Mund.

Karen Duve
Obst und Gemüse

»Meine einzige«, schreit Ping Wang und reißt die Arme auseinander. Ich richte die Sektflasche mit dem Korken auf ihn: »Aha, wir sind also wieder einmal ohne Freundin. Wo ist denn – wie hieß sie noch gleich?«

»Was? Weg! Und wenn die Weiber weiter so gemein sind, wechsel ich doch noch zum anderen Ufer.«

Er küßt mich und Sven zur Begrüßung und drückt mir noch zwei Tüten mit schuhsohlengroßen Krabbenchips in die Arme. Die bringt er jedesmal mit. Seine Eltern haben ein China-Restaurant. Ping Wang ist ein schöner Mann, wenn vielleicht auch nur auf seine Art. Es ist mir nicht peinlich, daß wir einmal zusammen waren; ich kann es bloß nicht begreifen. Wenn es mir einfällt, bin ich jedesmal wieder erstaunt. Ich weiß nicht mehr, wie es war, warum es einmal anfing, und ich weiß nicht mehr, wie es endete. Ich erinnere mich allerdings noch gut an eine Nacht, in der Ping Wang neben mir in meinem VW Käfer saß. Wir fuhren von einer Diskothek zu einer anderen. Irgendein Junge, den wir irgendwo aufgegabelt hatten und den wir gar nicht weiter kannten, beugte sich vom Rücksitz nach vorn, faßte Ping Wang am Kinn und küßte ihn lange auf den Mund. Und ich fuhr weiter und drehte das Radio lauter. »This is your . . . this is your life« sang dort jemand, und ich dachte: Ja.

»This is real . . . this is real life« sangen die Banderas. Da war ich mir allerdings nicht so sicher.

Jetzt ist Ping Wang ein bißchen dick geworden.

»Ist Ping Wang nicht widerlich dick geworden?« fragt Sven und greift ihm in die Seiten. Ping Wang bläht die Wangen auf und läßt seinen Bauch über den Gürtel schwappen.

Die Party ist noch nicht richtig im Gange. Keiner tanzt.

Ein Junge in einem Karohemd mischt die Musik mit einem Computer, und die CDs sind ganz neu, jedenfalls kenne ich die Stücke nicht, sie haben schnelle, fliegende Bässe, die einen oben am Hals erwischen.

»Ja, widerlich«, sage ich und küsse Ping Wang auf die Schulter.

»Außerdem kenne ich sonst keinen Mann, der Beinwärmer trägt. Das tun nur Ballettänzer, und die sind alle schwul.«

»Aber er ist nicht schwul«, sagt Sven. »Ich habe die letzten drei Nächte mit ihm in einem Bett geschlafen und muß es wissen.«

»Und du solltest es auch wissen«, sagt Ping Wang und sieht mich vorwurfsvoll an. Es klingelt an der Tür. Er schaut gespannt über meine Schulter, dann werden seine Gesichtsmuskeln wieder schlaff. Sven hat die neuen Gäste hereingelassen.

»Wahrscheinlich kommt nachher noch die Schwester von Thorsten«, sagt Ping Wang. »Sie ist eine Schönheit.«

Er summt zufrieden in sich hinein.

»Ich kenn' Thorstens Schwester«, sage ich. »Und soviel ich weiß, ist sie in Gisborne, auf Neuseeland, um das neue Jahrtausend als allererste zu erleben. Einer von ihren reichen Typen hat sie eingeladen. Thorstens Schwester hat Silvester schon hinter sich.«

»Unsinn«, sagt Ping Wang. »Mir hat sie gesagt, daß sie zu uns kommt.«

Es sind vielleicht dreißig Leute da, alles Freunde von Sven. Sie stehen bloß herum und trinken. Jetzt tanzt ein Mädchen. Sie trägt ein langes Samtkleid und hat einen Haufen Ketten um den Hals. Im letzten Jahr hat sie auch als erste getanzt. Da hatte sie Trainingshosen an und ein klitzekleines Glitzer-T-Shirt. Auf dem Boden sitzt ein Junge mit langen blonden Haaren und lehnt sich an das Bücherregal. Zwei Mädchen sitzen neben ihm. Die eine türmt ihm Luftschlangen auf den Kopf. Der Junge sagt etwas, und alle drei lachen wie Hyänen. Jetzt weiß ich, wo ich ihn schon gesehen habe. Er ist Sänger. Man muß ihn nicht kennen. Aber hier kennen ihn alle. Sänger interessieren mich nicht. Mich interessieren Schlagzeuger. Aber ich kriege immer bloß Bassisten.

»Warte hier«, sagt Ping Wang, »ich will dir einen Freund aus Berlin vorstellen, einen ungeheuer begabten Schachspieler. Er hat die Berliner Schachmeisterschaften gewonnen.«

Er zwinkert wild und tuckert dick und eifrig wie ein kleiner Hafenschleppei davon.

»Obst und Gemüse«, sagt jemand hinter mir. Ich kenne ihn nicht. Er sieht gut aus. Vielleicht ein bißchen zu dünn.

»Was?« frage ich und stelle den Sekt und die Krabben-chips ins Bücherregal. Er hat gar nicht mit mir gesprochen, aber jetzt sieht er mich an und lächelt.

»Was ist der Unterschied zwischen Obst und Gemüse?«

Jemand sagt: »Obst ist süß.«

»Ach«, sagt er, »dann sind Zuckerrüben also Obst?« Er

159

trägt ein rosa Hemd mit weißen Kreisen darauf. Die Ärmel sind hochgekrempelt, und er hat die schönsten Unterarme, die ich je gesehen habe. Ich drehe mich ganz um.

»Gemüse macht dumm«, sage ich.

Ping Wang kommt zurückgedampft, mit einem häßlichen Menschen als Beiboot.

»Das ist Roy Rogers, der singende Cowboy«, kichert Ping Wang, läuft wieder aus, und an diesem Abend ist nicht mehr herauszukriegen, wie sein Freund wirklich heißt. Roy Rogers scheint mit seinem neuen Namen sehr einverstanden zu sein und legt sich mächtig in sein billiges Zeug.

»Lady«, sagt er, »Lady, was willst du trinken?«

Ich sage: »Sekt mit Eiswürfeln«, denn für Eiswürfel muß er in die Küche gehen. Dann bin ich ihn los.

»Und nenn' mich nicht Lady; so weit sind wir noch nicht, daß wir uns Hundenamen geben.«

Das Mädchen ist immer noch allein auf der Tanzfläche. Es reißt die Arme hoch und stößt mit den Zeigefingern in die schlechte Luft und quirlt sie tüchtig durch.

»Obst wächst auf Bäumen.«

»Dann sind Erdbeeren also Gemüse?«

Sie sind immer noch bei Obst und Gemüse. Ich finde das Thema allmählich ein bißchen strapaziert. Trotzdem würde ich mich gern verlieben – so wie früher. Aber es ist nicht mehr wie früher. Es ist nie so wie früher. Er sieht mich an. Ich nehme eine angebrochene Bierflasche vom Computerturm und trinke sie aus. Ich habe das Gefühl, ich werde immer nüchterner, je mehr ich trinke.

»Obst ist kleiner.«

»Gemüse muß man kochen.«

»Falsch. Falsch.«

Kein Mensch scheint den Unterschied zu kennen. Er erklärt es ihnen und sieht dabei nur mich an. Und ich schaue bloß seine Unterarme an und versuche, endlich betrunken zu werden.

Roy Rogers balanciert zwei Sektgläser durch die Menge. Jemand wirft eine Tomate nach ihm, aber er weicht geschickt aus.

»Danke. Doch nicht«, sage ich und lasse ihn stehen, und es ist mir egal, ob es ihn unglücklich macht. Kann man mit jemandem, der sich Roy Rogers nennen läßt, Mitleid haben?

Der Sänger ist plötzlich neben mir und reicht mir eine neue Bierflasche. Dann gibt er mir ein Tuch und will, daß ich es ihm um den Kopf knoten soll.

»Geht nicht«, sag' ich, »fettige Finger.« Ich reiche das Tuch an das Mädchen weiter, das sich diese Aufgabe am meisten wünscht. Ich glaube nicht, daß es der Sänger schaffen wird. Zehn Jahre wird er vielleicht noch in diesen kleinen Klubs auftreten. Dann werden alle seine Freunde nicht mehr zu allen seinen Konzerten erscheinen können. Die, die trotzdem noch kommen, versuchen ihn aufzumuntern, obwohl sie längst nicht mehr an ihn glauben. Der Sänger selber weiß dann, daß er es nicht mehr schaffen wird. Er wird sich sagen, daß er es versucht hat und daß es das ist, worauf es ankommt. Aber er wird etwas anderes fühlen.

Der Sänger läßt nicht locker. Er fängt an, mir einen Kinofilm zu erzählen. Er zieht jetzt diese Ich-bin-noch-ein-kleiner-Junge-Nummer ab, und es ist gar nicht mitanzusehen, wie klasse er sich findet und für wer weiß wie be-

161

gnadet er sich hält. Aber das Erstaunliche ist, daß er mich damit tatsächlich zum Lachen bringt. Ich kenne den Film schon. Er hat mir nicht gefallen, aber so, wie der Sänger ihn erzählt, ist er plötzlich lustig: Wie einer angeschossen wird und sich ganz beleidigt darüber beklagt, wie weh das tut, und dann – womm! – kriegt er voll die Ladung in den Bauch und – flatsch – schlägt er lang hin und rappelt sich trotzdem wieder auf; und während ihm – glibber, glibber – die Gedärme herausquellen und er sie mit einer Hand zurück in den Bauch schiebt, beklagt er sich wieder ganz zickig: »Oh, das tut weh, wie das weh tut!«

Ich mag es, wie der Sänger stirbt. Er hält sich den Bauch, ist ganz weiß geworden, und er sinkt in die Knie und rollt auf dem Boden rum. Die beiden Mädchen und ich, wir lachen uns fast kaputt. Der Sänger steht wieder auf, dreht sich um und läßt uns stehen. Er geht quer durch den Raum auf den Obst-und-Gemüse-Mann zu und sagt etwas zu ihm. Vielleicht ist der Gemüsemann sein Freund. Oder sein Schlagzeuger. Der Sänger zieht sich eine Jacke über und geht zur Tür. Der Schlagzeuger kommt zu mir rüber.

»Wir wollen zur Reeperbahn«, sagt er, »uns da das Feuerwerk ansehen. Hast du Lust mitzukommen?«

Der Himmel ist dunkelbraun, die Straße schmutzigweiß. Fein wie gesiebtes Mehl weht uns Schnee ins Gesicht. Der Sänger ist wütend, als er mich sieht. Er denkt, daß ich seinetwegen mitgekommen bin, und möchte mich loswerden und tut, als wäre ich gar nicht da. Die ganze Zeit redet er auf seinen Schlagzeuger ein, und ich laufe schief nebenher. Ich ärgere mich über den Schlagzeuger, daß er sich nicht um mich kümmert, sondern dem Sänger an den Lippen hängt, als wolle er etwas von *ihm*. Schließlich bleibe ich stehen und sage:

»Wißt ihr was? Ich gehe doch wieder auf das Fest zurück. Auf Wiedersehen, auf Wiedersehen.«

»Nein, bleib doch. Bitte! Wir sind doch schon fast da.«

Ich gehe weiter mit, weil er mich gebeten hat, weil wir beinahe schon da sind und weil er ein Schlagzeuger ist. Jetzt redet keiner von uns. Kleine Explosionen säumen unseren Weg. Bald werden die Explosionen lauter und folgen schneller aufeinander. Kaum sind wir an der Reeperbahn, stürzt ein Haufen Menschen auf uns zu, umringt uns, redet durcheinander und meint vor allem den Sänger. Ein Mädchen nimmt die Hände des Schlagzeugers und sagt:

»Die sind ja ganz kalt.«

Sie hält seine Hände fest und haucht darauf. Der Schlagzeuger sieht verwirrt und beglückt aus, und ich weiß, daß er das Recht hat, so zu fühlen, und ich dränge mich rückwärts aus der Menge heraus. In diesem Moment fangen sie alle an zu schreien. Mit einer kleinen Verzögerung starten die Raketen. Die Explosionen werden zu einem einzigen, stetigen und unwahrscheinlich lauten Motorengeräusch; gelbe Nebelwolken wabern kniehoch, und glühende Papier- und Aschefetzen wehen mir an die Jakke. Sogar die Taxifahrer sind ausgestiegen und hüpfen um ihre Mercedesse herum. Vor mir wälzt sich ein Penner in allerbester Laune auf einem angesengten Pappdeckel, während um ihn herum die Knallfrösche platzen. Als unsere Blicke sich treffen, schreit er:

»Prost Neujahr 2000!«

Ich finde es auch in Ordnung, daß dieses Jahrtausend

endlich vorbei ist. Doch was das neue betrifft, das so ehr-
furchtgebietend vor uns liegt, bin ich mir nicht sicher,
ob der Penner seine Erwartungen allzu hoch stecken sollte. Heute nacht wird ihn jedenfalls kein Krankenwagen
aufsammeln und ins Warme schaffen. Die Rettungsdien-
ste sind vollauf damit beschäftigt, werdende Mütter von
Jahrtausendbabys zu den Entbindungsstationen zu kar-
ren.

Der Schlagzeuger und das Mädchen, das seine Hände
gewärmt hat, überholen mich, ohne mich zu sehen.

»In Wirklichkeit beginnt das neue Jahrtausend erst
2001 ...«, höre ich ihn erklären. Ich mache mich auf den
Rückweg zu Svens Wohnung. Obwohl mir sehr kalt ist,
wage ich nicht, die Schultern hochzuziehen. Das könnte
aussehen, als wenn ich unglücklich wäre, und wer Silvester unglücklich aussieht, wird mit Böllern beworfen.

Sven öffnet die Tür. Die Wohnung ist überheizt und ver-
raucht. Inzwischen tanzen fast alle. Jemand ist in die Bü-
cherwand gesprungen, und die ganzen Regale und Bücher
sind runtergekracht. Auf dem Teppich liegen zertretene
Krabbenchips.

»Was macht die dicke Chinesin?« frage ich. »Ist Thorstens Schwester schon gekommen?«

Doch Ping Wang sieht ebenfalls wie zertreten aus. Nach
Mitternacht hat er das Warten aufgegeben und versucht,
eine andere Frau zu finden. Aber was allein gekommen
war, hatte sich inzwischen anderweitig arrangiert. Nur
Sven und Ping Wang und Roy Rogers und ich sind übrig-
geblieben, und jetzt sitzen wir am Küchentisch, vor dem
leergefressenen Buffet. Sven öffnet eine Wodkaflasche, da-

164

mit Silvester auch für uns einen Inhalt bekommt. Roy Rogers hat es immer noch nicht ganz aufgegeben. Er prostet mir zu, trinkt direkt aus der Wodkaflasche und greift zwischendurch auch noch zu meinem Sektglas. Als er speichelnd auf dem Boden sitzt, nimmt Ping Wang ihm die Flasche weg und sagt: »Aus!«

»Doch«, schreit Rogers, »schadet mir nicht. Das ist gesund! Es muß gesund sein. Jedesmal, wenn ich es trinke, fühle ich mich besser.«

»In Wirklichkeit beginnt das neue Jahrtausend sowieso erst nächstes Jahr«, werfe ich ein.

Die anderen hampeln weiter im Wohnzimmer herum. Aus irgendeinem Grund funktioniert der Computer nicht mehr, und darum haben sie jetzt eine alte BRAVO-Kassette eingelegt. Ab und zu kommt einer der Tänzer zu uns in die Küche, um sich etwas vom Tisch zu holen. Dann stolpert er über Roy Rogers. Der schönste Junge und das schönste Mädchen der Party bleiben vor dem Buffet stehen, und er küßt sie und drückt sie dabei gegen den Herd, ohne daß einer der beiden von uns Notiz nimmt.

»Ekelhaft«, sagt Ping Wang, schlingert mitsamt seinem Wodkaglas hinaus und aufs Klo und bleibt sehr lange dort. Als er zurückkommt, drückt er Rogers das Glas in die schlaffe Hand, fällt mir um den Hals und versucht, seine Zunge zwischen meine Lippen zu schieben. Er stinkt fürchterlich. Ich wende den Kopf ab.

»Nicht. Das tut man nicht unter Freunden. Ich bin nicht dein Ersatz.«

»Aber wo sie doch nicht gekommen ist ...«, sagt Ping Wang weinerlich, setzt sich hin und verknetet die Brotkrümel auf dem Tisch. Das schöne Paar geht eng um-

165

schlungen aus der Küche. Roy Rogers kriecht auf den Flur hinaus und versucht, sich in den Teppichboden zu wickeln. Sven und ich machen Anstalten, ihn aufzuheben und ins Bett zu bringen.

»Nein«, flüstert Rogers, »laßt mich. Ich mag diesen Teppich. Es ist ein lieber Teppich.«

»Du solltest mehr trinken«, sagt Ping Wang.

»Komm«, sage ich, »steh auf. Wir bringen dich nach hinten, dann kannst du richtig schlafen.«

Rogers blinzelt mich an.

»Ich sage es dir nicht gern«, meint er, »aber du bist ziemlich häßlich. Gleich als ich dich sah, hab' ich gedacht: Mein Gott, die Arme, wie häßlich sie ist.«

Er streckt sich lang aus und schläft ein. Sven holt Bettzeug aus dem Schlafzimmer und deckt ihn damit zu. Dann sitzen wir zu dritt in der Küche, trinken Wodka, und jedesmal, wenn einer aus dem Wohnzimmer kommt, im Flur seine Jacke anzieht und an der Küchentür vorbeigehen will, sagt Sven:

»Vorsicht, tritt nicht auf Roy Rogers.«

Quellenverzeichnis

T. C. Boyle (* 1948), »Tauwetter«, S. 65
Aus: T. C. Boyle, Wenn der Fluß voll Whisky wär. Erzählungen. Aus dem Amerikanischen von Werner Richter. © Carl Hanser Verlag München 1991.

Alex Capus (* 1961), »Fremde im Zug«, S. 25
Aus: Alles Lametta. Autoren feiern das Fest der Liebe. Herausgegeben von Susanne Rehlein. © Piper Verlag GmbH, München. © Alex Capus. Abdruck mit freundlicher Genehmigung des Autors.

Doris Dörrie (* 1955), »Zimmer 645«, S. 95
Aus: Früher war noch viel mehr Lametta. Hinterhältige Weihnachtsgeschichten. Ausgewählt von Daniel Kampa. Copyright © 2000, 2007 Diogenes Verlag AG Zürich.

Karen Duve (* 1961), »Obst und Gemüse«, S. 157
Aus: Karen Duve, Keine Ahnung. Erzählungen. © Suhrkamp Verlag Frankfurt am Main 1999.

Wladimir Kaminer (* 1967), »Superman und Superfrau«, S. 137
Aus: Weihnachten auf Russisch. Herausgegeben von Olga Kaminer. List Verlag, Berlin 2008. Copyright © by Wladimir Kaminer. Abdruck mit freundlicher Genehmigung des Autors.

David Lodge (* 1935), »Pastorale«, S. 11
Aus: David Lodge, Sommergeschichten – Wintermärchen. Copyright © 2005 by Wilhelm Heyne Verlag, München, in der Verlagsgruppe Random House GmbH.

Alexander Osang (* 1962), »Stille Nächte«, S. 100
Aus: Alexander Osang. Lunkebergs Fest. Erzählungen. © S. Fischer Verlag GmbH, Frankfurt am Main 2003.

Christoph Peters (* 1966), »Sven Hofestedt sucht Geld für Erleuchtung«, S. 142
Aus: Christoph Peters, Sven Hofestedt sucht Geld für Erleuchtung. Geschichten. © 2010 Luchterhand Literaturverlag, München, in der Verlagsgruppe Random House GmbH.

Bärbel Reetz (* 1942), »Weihnachten geschlossen«, S. 86
Aus: Der 24. Dezember. Neue Weihnachtsgeschichten. Herausgegeben von Susanne Gretter. Suhrkamp Verlag Berlin 2011. © Bärbel Reetz. Abdruck mit freundlicher Genehmigung der Autorin.

Henry Slesar (1927-2002), »Der Mann, der Weihnachten liebte«, S. 110
Aus: Henry Slesar, Nicht schon wieder Weihnachten. Aus dem Amerikanischen von Barbara Rojahn-Deyk. Copyright der deutschsprachigen Ausgabe © 2009 Diogenes Verlag AG Zürich.

Muriel Spark (1918-2006), »Weihnachtsfuge« (Originaltitel: »Christmas Fugue«). Aus dem Englischen von Hans-Christian Oeser, S. 52
Aus: Früher war mehr Bescherung. Hinterhältige Weihnachtsgeschichten. Ausgewählt von Daniel Kampa. Diogenes Verlag, Zürich 2008. Copyright © by Muriel Spark. © 2000 by Copadmin Anstalt. Abdruck mit freundlicher Genehmigung der Agentur Mohrbooks, Zürich.

Mika Waltari (1908-1979), »Heiligabend, ein Mietwagen und ein Happy End«. Aus dem Finnischen von Dagmar Mißfeld, S. 43
Aus: Skandinavische Weihnachtsmärchen. Herausgegeben von Gabriele Haefs, Christel Hildebrand und Dagmar Mißfeld. Copyright © der deutschen Übersetzung: Goldmann Verlag, in der Verlagsgruppe Random House GmbH, München, 2005. Copyright © The Estate of Mika Waltari. Published by arrangement with WSOY. First published as *Jouluaatto, vuokra-auto ja onnellinen loppu*.

Weihnachtsbücher im insel taschenbuch

Hans Christian Andersen. Die Schneekönigin. Ein Märchen in sieben Geschichten. Aus dem Dänischen von Mathilde Mann. Mit farbigen Illustrationen von Birgit Ackermann. it 2578. 104 Seiten

Elizabeth von Arnim. Weihnachten. Ausgewählt und aus dem Englischen übersetzt von Angelika Beck. Großdruck. it 2406. 125 Seiten

Frank Lyman Baum. Der Weihnachtsmann oder Das abenteuerliche Leben des Santa Claus. Aus dem Englischen von Hans-Christian Oeser. it 3634. 148 Seiten

Das Weihnachtsbuch. Mit alten und neuen Geschichten, Gedichten und Liedern. Ausgewählt von Elisabeth Borchers. it 46. 296 Seiten

Das Winterbuch. Gedichte und Prosa. Ausgewählt von Hans Bender und Hans Georg Schwark. it 728. 253 Seiten

Charles Dickens. Die Weihnachten des Mr. Scrooge. it 4062. 145 Seiten

Charles Dickens. Weihnachtserzählungen. it 358. 503 Seiten

Die schönsten Weihnachtsgedichte. Ausgewählt von Gesine Dammel. Gebundene Sonderausgabe. it 3778. 94 Seiten

Die schönsten Weihnachtsgedichte. Ausgewählt von Gesine Dammel. it 2580. 122 Seiten

Die schönsten Weihnachtsgedichte. Ausgewählt von Gesine Dammel. it 4067. 114 Seiten

Die schönsten Weihnachtsgeschichten für Kinder. Ausgewählt von Günter Stolzenberger. Mit farbigen Illustrationen von Claudia Weikert. it 3442. 181 Seiten

Die schönsten Weihnachtsgeschichten. Ausgewählt von Gesine Dammel. it 2830. 144 Seiten

NF 144 / 1 / 7.12

Die schönsten Weihnachtsgeschichten. Ausgewählt von Gesine Dammel. Gebundene Sonderausgabe. it 3229. 114 Seiten

Die schönsten Weihnachtsgeschichten. Ausgewählt von Gesine Dammel. it 4066. 126 Seiten

Die schönsten Weihnachtsgeschichten zum Vorlesen. Ausgewählt von Gesine Dammel. it 4180. 180 Seiten

Die schönsten Weihnachtslieder. Ausgewählt von Wolfgang Schneider. Gebundene Sonderausgabe. it 3231. 127 Seiten

Die schönsten Weihnachtsmärchen. Ausgewählt von Gesine Dammel. Gebundene Sonderausgabe. it 3230. 117 Seiten

Fröhlicher Advent. Geschichten, Gedichte und Rezepte. Ausgewählt von Gesine Dammel. it 3459. 191 Seiten

Geschichten vom Nikolaus. Gesammelt von Felix Karlinger. it 1769. 146 Seiten

Hermann Hesse. In Weihnachtszeiten. Betrachtungen, Gedichte und Aquarelle des Verfassers. Ausgewählt und mit einem Nachwort von Volker Michels. it 2418. 118 Seiten

Hermann Hesse. Weihnachten. Betrachtungen und Gedichte zur Winter- und Weihnachtszeit. Ausgewählt und mit einem Nachwort versehen von Volker Michels. it 3302. 106 Seiten

Hermann Hesse. Winter. Ausgewählt von Ulrike Anders. it 4193. 118 Seiten

E. T. A. Hoffmann. Die Abenteuer der Silvester-Nacht. Mit farbigen Illustrationen von Monika Wurmdobler. it 798. 80 Seiten

Marie Luise Kaschnitz. Weihnachten. Gedichte und Geschichten von der Heiligen Nacht und vom Winter. Ausgewählt von Iris Schnebel-Kaschnitz und Wolfgang Schneider. it 3305. 124 Seiten

Katzen im Schnee. Ausgewählt von Gesine Dammel.
it 4063. 132 Seiten

Märchen zur Weihnacht. Ein Hausbuch für groß und klein.
Ausgewählt von Franz-Heinrich Hackel. it 1649. 292 Seiten

Merry Christmas! Die schönsten Weihnachtsgeschichten
aus England. Ausgewählt und übersetzt von Ria und
Günther Blaicher. it 3301. 255 Seiten

Alexandros Papadiamantis. Die Heilige Nacht auf dem
Berg. Eine Weihnachtsgeschichte. Aus dem Griechischen
von Andrea Schellinger. Mit einem Nachwort von Danae
Coulmas. it 2419. 94 Seiten

Jean Paul. Die wunderbare Gesellschaft in der
Neujahrsnacht. Erzählungen. Ausgewählt und mit einem
Nachwort versehen von Hermann Hesse. it 2262. 139 Seiten

Rainer Maria Rilke. Weihnachten. Briefe, Gedichte und die
Erzählung »Das Christkind«. Ausgewählt und mit einem
Nachwort von Hella Sieber-Rilke. it 2865. 114 Seiten

Rainer Maria Rilke. Weihnachten. Briefe, Gedichte und die
Erzählung »Das Christkind«. Ausgewählt und mit einem
Nachwort von Hella Sieber-Rilke. it 3303. 114 Seiten

Rainer Maria Rilke. Winter. Ausgewählt und mit einem
Nachwort von Thilo von Pape. it 4192. 123 Seiten

Joachim Ringelnatz. Weihnachten. Ausgewählt und mit
einem Nachwort von Ute Maack. it 3304. 95 Seiten

Schlaf in tödlicher Ruh. Weihnachtliche Kriminalgeschich-
ten. Ausgewählt von Carolin Bunk und Hans Sarkowicz.
it 3382. 177 Seiten

Theodor Storm. Knecht Ruprecht. Mit einem Nachwort
von Nadja Enzmann und Karl Kröhnke. Illustriert von Rolf
Köhler. it 2261. 55 Seiten